KB128371

타임룰렛 10

초판 1쇄 인쇄일 2018년 3월 20일 | **초판 1쇄 발행일** 2018년 3월 23일

지은이 최예균 | **펴낸이** 곽동현 | **담당편집 팀장** 이범수
편집부 신연제 김예리 이윤아 홍현주 김유진 조서영 임소담 정요한 김미경 박수빈

펴낸곳 (주)조은세상 | **출판등록** 제 2002-23호
주소 경기도 연천군 미산면 청정로 1355
TEL 편집부 02)587-2966 | FAX 02)587-2922
e-mail bukdu@comics21c.co.kr

ISBN 979-11-6171-716-6 | ISBN 979-11-6171-108-9(set) | 값 8,000원

북두
(주)좋은세상

TIME ROULETTE

타임룰렛 10

최예균 현대판타지 장편소설

NEO MODERN FANTASY STORY

CONTENTS

CONTENTS

TIME ROULETTE 타임룰렛

Chapter 102. 미국에서 온 악마

    세계 각국에는 다양한 용병단체들이 존재한다.

    이들 중에는 그들 스스로 기업을 세워서 단체로 움직이는 기업형 용병들도 존재한다.

    개중 유명한 곳을 뽑자면, 미국의 MPRI과 영국의 SLI, 남아공의 EXO를 들 수 있다.

    미국의 MPRI 같은 경우 소속된 용병들 대다수가 전역 장교 출신들로, 개중에는 미국의 4성 장군이 포함된 것은 물론 군사 장비로 헬기와 전투기들까지 보유하고 있었다.

    또한, 다국적 광산기업인 베릭 골드사가 후원하고 있기 때문에 재정적으로도 풍족한 생활을 영위하고 있었다.

MPRI는 주로 미국 정부와 계약을 맺고 반군 정부나 테러 단체와의 다툼에서 활동을 하는데, 과거 카발라 반군 정부를 몰아내는 데 크게 기여한 적이 있다.

반면, 남아공의 EXO는 주로 앙골라와 수단, 자이르와 같은 국가의 내전에 끼어들면서 막대한 수익을 올리는 용병 단체였다.

MPRI의 대규모 헬기와 전투기까지는 아니지만, 이들 역시 공중 작전을 시도할 만큼 공군 전력은 보유하고 있었다.

이 밖에도 세계에는 무수히 많은 용병 단체들이 존재한다.

다인 코프, ICI, PAE 등등 일반인들은 이름도 들어 본 적이 없는 단체들도 바닷가의 모래알만큼 많았다.

하지만 기업형 용병 업체는 빙산의 일각에 불과했다.

그나마 이들은 표면적으로 드러나 있지만, 개인으로 활동하는 용병들과 누군가의 명령을 받고 움직이는 사조직의 경우 법과 도덕 따위는 가볍게 무시하고 불법적인 일도 서슴지 않고 저질렀다.

그리고 개중 실력은 최고일지언정 악명이 자자한 개인 용병들을 규합해서 만든 최고이자 최악의 사조직 용병 집단이 있었다.

그게 바로 억만장자인 제럴드가 만든 팀 루시퍼였다.

"오우! 여기가 바로 강남 스타일의 나라 한국인가?"

정보통신법 위반으로만 전과 12범.

올해 나이 26세.

머리에 헤드폰을 쓰고 힙합 차림의 복장으로 전세기 전용 출구를 빠져나온 사내가 주변을 두리번거리며 리듬을 탔다.

"알베로! 오두방정은 그만 떨어. 우리가 한국에 놀러 온 줄 알아?"

오두방정이라는 소리에 알베로라고 불린 사내가 헤드셋을 벗으며 고개를 뒤로 돌렸다.

그곳에는 엄청난 덩치와 키를 지닌 흑인 거한이 서 있었다.

계절에 맞지 않는 군청색 체크무늬 난방과 재킷을 걸치고 있음에도 그의 터질 듯한 근육은 가려지지가 않았다.

"헤이 맨! 어이가 없네. 비행기에서 비빔밥이랑 불고기를 검색하던 게 누군데? 거기다가 너 한국의 연예인들도 검색했잖아? 동양의 꼬마 애들이 대체 뭐가 좋다고. 너 혹시 로리타냐?"

"흥, 난 단지 작전을 시행하기 전에 그 나라의 문화에 대해 조사했을 뿐이다. 너같이 컴퓨터만 두드려대는 놈과 달리 난 뛰어난 군인이니까."

"웃기고 있네. 살인하기 전에 생고기를 먹는 변태 같은 놈이."

"뭐?"

흑인 거한, 롱가가 막 소리를 내지르려던 순간이었다.

"시끄럽군."

나지막한 한마디.

동시에 서로를 향해 으르렁거리던 롱가와 알베로가 시선을 돌렸다.

"미, 미안. 프린스."

"죄송합니다."

두 사람은 곧장 고개를 숙여 사과를 건넸다.

"롱가, 알베로. 나는 시끄러운 것을 별로 좋아하지 않는다. 기억하도록."

목소리가 들려온 그곳에는 롱가보다 머리 하나가 작은 백인이 서 있었다.

서양인 치고는 작다고 할 수 있는 180cm의 키.

거기에 딱히 근육질이라고 보기에는 어려운 평범한 체형.

단지 특이점이 있다면, 프린스라고 불린 사내의 금발은 잡티 하나 섞이지 않았다는 정도였다.

하지만 전과 12범의 알베로와 2m가 넘는 키와 덩치를 지닌 롱가 역시 프린스라 불린 사내의 말 한마디면 숨을 죽일 수밖에 없다.

일반 팀원에 불과한 두 사람과 달리, 프린스는 용병 집단

루시퍼 팀에 존재하는 세 명의 부팀장 중 한 사람이었기 때문이다.

전 세계의 미친개라고 불리는 용병들이 모인 루시퍼이지만, 그만큼 팀 내에서 상명하복은 철저했다.

또한, 사실상 프린스는 이번 한국에서 있을 작전의 총책임자이기도 했다.

"피곤하군."

"네?"

프린스의 한마디에 알베로가 무슨 소리냐는 듯 어안이 벙벙한 표정으로 그를 쳐다봤다.

미국에서 한국까지 전세기를 타고 오는 10시간의 비행 동안 프린스는 내내 잠만 잤다.

모델보다 아름다운 스튜디어스들이 와인과 위스키를 비롯해서 최고급 음식을 준비했음에도 모두 거절하고 말이다.

그런데 피곤하다니?

"알베로."

"네? 아, 네."

"호텔은 어디지?"

"그게 서울이라는 곳입니다. 이 나라의 수도죠. 여기서는 그러니까 차로 대략 한 시간 반 정도는 이동해야 합니다."

알베로가 조심스럽게 프린스의 눈치를 보며 말했다.

프린스의 미간이 찌푸려졌다.

"또 한 시간 반이라는 거리를 이동해야 한다고? 그럴 거면, 왜 그 서울이란 곳으로 안 가고 이리 온 거지?"

"그, 그게 서울에는 공항이 없습니다. 여기가 서울에서 제일 가까운 공항입니다. 그리고 서울에 호텔을 잡은 이유는 정보원을 만나기도 젤 가깝고 또 그러니까…… 아! 프린스가 묵기에 알맞은 최고급 호텔이 거기에 있기 때문이었습니다."

롱가에게 하던 것과는 달리 프린스를 대하는 알베로의 태도는 극히 조심스러웠다.

최고급 호텔이라는 소리에 표정이 좋지 않던 프린스의 얼굴이 조금은 풀어졌다.

"그런가?"

"무, 물론입니다! 제가 아주 좋은 호텔로 예약해 두었습니다. 어차피 경비는 넉넉하게 받았으니까요."

한숨 돌린 알베로가 넉살 좋게 웃으며 말했다.

그 모습에 롱가가 콧김을 뿜었다.

"프린스! 이동하시는 게 귀찮으시면, 제가 옛 동료에게 연락을 넣어서 헬기라도 준비하라고 할까요? 아니면, 이 근처에서 쉬시고 계시면 모든 일은 제가 마무리하고 오겠습니다."

"너 혼자 무슨 수로? 한국이 작은 나라라고 해도 인구만 5천만이 넘는데. 네 그 굳은 머리로 찾다가는 할아버지가 되어 있을걸?"

"이 자식이 보자보자 하니까!"

알베로의 비아냥거림에 롱가가 주먹을 말아 쥘 때였다.

"와! 프린스! 설마 당신이 한국으로 직접 올 줄은 몰랐네요."

"너는 그때 그……."

전세기 전용통로의 끝에서 들려오는 목소리.

그 목소리의 주인공을 확인한 프린스가 얼굴을 찡그렸다.

"우리 그러니까 4년 만인가요?"

목소리의 주인공은 다름 아닌 문 박사였다.

인천에서 서울로 향하는 리무진.

문 박사가 미리 준비했던 서류를 옆에 앉은 프린스에게 건네며 말했다.

"이건 그와 그의 주변 인물들에 관해서 조사했던 자료들이에요. 그렇게 많은 도움이 되지는 않을 거예요. 우리도 살펴봤지만, 특별한 게 없었거든요."

프린스가 문 박사가 내민 자료를 물끄러미 쳐다봤다. 표정에는 귀찮다는 표정이 역력했다.

"아, 그런 자료는 저한테 주시면 됩니다."

앞에서 들려오는 소리에 문 박사가 시선을 돌렸다.

알베로가 어색한 미소를 짓고 있었다.

"당신이 이번 작전의 브레인인가요?"

"맞습니다. 알베로라고 합니다."

알베로에게 서류 봉투를 건넨 문 박사가 말했다.

"제가 기억하지 못하는 걸 보면, 팀에 합류한 지 그리 오래 되지는 않았나 보네요?"

"3년 조금 넘었습니다."

"그렇군요."

문 박사가 고개를 돌려 프린스를 쳐다봤다.

어느 틈에 프린스는 두 눈을 감고 있었다.

"후우, 여전하네요. 잠자는 프린스는."

"저기 레이디, 우리 부팀장님과는 잘 아는 사이입니까?"

알베로가 조심스럽게 물었다.

"글쎄요. 잘 아는 사이라고 말해도 되려나? 4년 전에 작전 하나를 같이했죠. 그쪽 마스터의 의뢰를 받고요."

마스터라는 소리가 흘러나오자 알베로가 옆에 있는 롱가를 슬쩍 쳐다봤다.

롱가가 고개를 흔들었다.

작전에 참여하지 않은 사람이 그 작전에 대해 묻는 것은 루시퍼에서 금기 중 하나였다.

스윽-

별달리 할 말이 없어진 알베로가 서류 봉투를 열고 안에 담긴 종이들을 꺼냈다.

그 모습에 문 박사가 시트에 기대었던 몸을 앞으로 밀착시키며 입을 열었다.

"일단, 서류 첫 장에 있는 내용부터 설명해드리도록 하죠."

그렇게 설명이 이어지는 동안 고속도로를 내달린 리무진은 1시간 30분 정도가 흘러서야 서울의 대한 호텔에 도착했다.

"……."

멍한 표정으로 잠에서 깨어난 프린스가 비틀거리며 호텔 로비로 걸어가자, 그 뒤로 롱가가 재빨리 따라붙었다.

그 모습에 혼자 남은 알베로가 머리를 긁적거렸다.

"저희 부팀장님이 원래 잠이 많아서 그렇습니다. 이해해주시기 바랍니다."

"알아요. 그래서 별명이 잠자는 프린스잖아요."

문 박사의 지적에 알베로가 멋쩍은 듯 웃었다.

"하하! 그렇긴 하지만, 부팀장님은 그 별명을 직접 듣는 걸 별로 안 좋아합니다. 그리고 자료에 대한 설명은 많은 참고가 됐습니다. 감사합니다."

"감사는요, 무슨. 참, 그리고 이거 받아요."

문 박사가 지갑에서 꺼내 내민 것은 휴대폰 번호 하나만 달랑 적힌 명함이었다.

"한국에 머물면서 필요한 물건이 있거나 도움이 필요하면, 이리로 연락을 줘요. 가능한 선에서 모든 편의를 제공할 테니까요."

"오! 고맙습니다. 역시 한국인은 친절하군요."

"그런가요? 후후. 그럼, 한국에서 좋은 시간 보내도록 하세요. 전 이만 실례할게요."

인사를 건넨 문 박사가 타고 왔던 리무진에 올라타자, 차량은 이내 호텔의 로비를 빠르게 벗어났다.

그 모습을 보며 손을 흔들던 알베로가 피식 웃으며, 혀를 쏙 내밀었다.

"FUCK YOU!"

조금 전의 태도와는 달리 욕설을 내뱉은 알베로가 손에 들고 있던 명함을 그대로 찢어 버렸다.

"도움은 무슨. 누가 그 속셈을 모를까봐? 아무튼, 세상 천지에 도둑놈이 너무 많다니까. 그리고 향수는 왜 이렇게 많이 뿌린 거야? 냄새 때문에 죽는 줄 알았네."

리무진이 떠난 자리에서 한참을 투덜거린 알베로가 이내 호주머니 속에서 이어폰을 꺼내 귀에 끼고는 호텔의 로비로 걸어갔다.

한편, 문 박사가 타고 있던 리무진의 내부.

우웅—

문자가 도착했다는 알림에 휴대폰을 꺼내 내용을 확인한 문 박사가 실소를 흘렸다.

"좋은 사람인 줄 알았는데, 너무하네. 사람의 호의를 이렇게 무시하다니."

휴대폰의 문자에는 알베로가 자신이 건넸던 명함을 찢는 사진이 그대로 찍혀 있었다.

"흐응. 그보다 프린스 정도나 되는 인물이 직접 올 줄은 몰랐네. 확실히 뭔가 있긴 있는 건가? 참! 박 팀장은 어땠어? 4년 만에 만남이었는데?"

문 박사의 질문에 운전석에 앉아 있던 기사가 쓰고 있던 모자를 벗었다.

그리고 드러난 얼굴은 박무봉, 바로 박 팀장이었다.

"어떤 걸 물으시는 겁니까?"

"에이, 우리끼리 왜 그래? 4년 전에 너랑 프린스랑 한판 붙었다는 건 그 자리에 있던 사람들이 다 아는 사실인데. 그때 내가 물어봤을 때도 말 안 해줬는데, 4년이나 지난 지금도 비밀인거야?"

"……."

"궁금하잖아. 대한민국 최고의 특수부대 요원과 미국 최강의 용병으로 꼽혔던 사내와의 싸움."

문 박사의 계속되는 질문에도 박 팀장은 아무런 말도 하지 않았다.

그 모습에 흥미를 잃은 것일까?

문 박사가 시선을 창밖으로 돌리고는 말했다.

"참, 내일부터 일주일이나 이 주 정도 베트남에 가 있을 거야. 다이 꽝 쪽 라인으로 연락이 왔거든."

다이 꽝은 현 베트남의 주석이었다.

하지만 정작 문 박사는 마치 동네 친구를 부르듯 말하고 있었다.

"준비하겠습니다."

"아니, 박 팀장은 한국에 있어. 미국의 악마들이 들어왔는데, 아무나 저 녀석들을 감시하게 할 순 없잖아? 자칫하다가 감시하고 있는 것을 들켜서 저 악마들이 우리를 타깃으로 삼으면 곤란해지니까. 알고 있지? 저렇게 순한 양처럼 보여도 대단한 또라이에 미친놈들이라는 거 말이야."

"하지만 베트남 쪽도……."

"적어도 거기는 일단 죽여 놓고 다음을 고민하는 타입은 아니니까 괜찮아."

결국, 박 팀장은 고개를 끄덕였다.

이미 결정이 된 사안이다.

자신이 더 얘기를 한다고 해서 바뀔 것 같지 않았다.

"특별한 일이 없을 경우, 보고서는 사흘에 한 번으로 하자고. 프린스의 성격을 보면, 저 녀석들도 바로 움직이지는 않을 테니까."

그 밖에도 박 팀장에게 몇 가지 지시를 더 남긴 문 박사는 다음 날 홀로 베트남으로 향하는 비행기에 몸을 실었다.

증평의 집으로 돌아와서 펜과 종이를 챙겨 들었다.
이미 문세아와 마셨던 술은 모두 깬 상태였다.
책상에 앉아 종이의 가장 상단에 문구를 적었다.

[내가 가진 것.]

　미래를 계획하기 위해서는 내가 지금 가진 것이 무엇인
지를 파악하는 것이 중요하다.
　가진 것을 알아야 그것을 사용할 수 있고, 또 부족하다면
채울 수 있기 때문이었다.

1이라는 숫자를 적고 그 뒤에 룰렛이라고 적었다.

[룰렛]

지금의 나를 있게 만든 가장 큰 자산이자 비밀.

룰렛이 없었다면 여기까지 올 수도 없었고, 진즉 칼리지 푸어(College Poor)로 대학교의 학비를 대느라 쌓인 학자금 대출과 각종 빚에 허덕이고 있을 것이다.

빛이 보이지 않는 삶.

그 삶속에서 끝없이 스스로를 자책하고 있을 것이 뻔했다.

다음으로 종이에 2라는 숫자를 적었다.

잠시, 고민을 하다가 글자를 적어 내려갔다.

[능력(스킬)]

룰렛을 통해 여러 인물들의 삶과 퀘스트를 진행하면서, 육체적인 능력 상승과 더불어 다양한 스킬을 얻었다.

현재 내가 보유한 스킬은 총 6종류.

〈용기〉

고유: 특성

등급: C+(성장)

설명: 씩씩하고 굳센 기운으로 두려움과 싸워 이겨내세요.

이겨낸다면, 좋은 일이 생길지도 모릅니다.

단, 이겨내지 못한다면 그만한 대가를 감수해야 할 겁니다.

효과: 효과가 발동할 경우 모든 신체 능력이 30초 동안 두 배로 향상. 상황에 따라 랜덤으로 추가 능력이 부여됩니다.

*해당 특성은 성장할 수 있습니다.

〈고속 판단〉

고유: 스킬

등급: B

설명: 비도크의 특기. 수많은 범죄를 저지르고 다양한 사건을 추리해 온 비도크는 사소한 물건 하나에서도 남들이 보지 못하는 것을 생각해내며, 판단할 수 있습니다.

이런 특기는 숱한 위기 상황에서 그의 목숨을 살리고 훗날 최고의 사립탐정으로 명성을 떨치는 데 있어 큰 도움을 주었습니다.

효과: 시야에 닿는 주변의 사람과 사물을 파악해서 순간적으로 과거 혹은 미래에 벌어질 상황을 추측합니다.

*해당 특성은 24시간 기준으로 1회 사용할 수 있습니다.

〈격투술〉

고유: 패시브

등급: D+

설명: 20세기. 미 해군 소속 특수부대 네이비 실의 훈련 교관이자 보디가드였던 마이클 도먼의 고유 특기입니다.

효과: 눈으로 보고 몸으로 체감한 격투술을 분석하고 파악, 빠른 속도로 습득합니다.

대상이 되는 상대의 숙련도가 높을수록 더욱 높은 성취를 이룰 수 있습니다. 등급에 따라 습득 가능한 숙련도가 제한됩니다.

〈직감〉

고유: Passive

등급: B+

설명: 한평생 소방관으로 살며, 수많은 사람을 구해냈던 제임스의 고유 특기입니다.

효과: 사람, 사물, 현상을 처음 접하더라도 증명되지 않은 진상을 느낄 수 있는 감각입니다.

구조 현장에서 더욱 빛을 발하며, 정신을 집중할 경우 그 효과가 상승합니다.

〈진실과 거짓〉

고유: Passive

등급: A

설명 : 태어나서부터 자신이 가진 돈을 노리고 접근하던 사람들로 인해 숱한 배신을 당하고 끊임없이 주변의 사람을 의심해야 했던 송지철의 고유 특기입니다.

효과: 상대의 말에 집중하고 있을 경우 진실과 거짓을 구분할 수 있습니다.

대상이 하는 말이 진실일 경우에는 몸에서 파란색의 기운이, 거짓일 경우에는 붉은색의 기운이 강합니다.

〈패기〉

고유: Passive

등급: A+

설명: 어떤 어려운 일이라도 이겨내는 강인하고 굳센 힘과 정신입니다.

수많은 암살 위협과 불행에도 불구하고 포기하지 않고 주변과 스스로를 이겨내어 끝내 왕좌에 오른 이산의 고유 특기입니다.

효과: 자신이 지닌 기운으로 상대를 일시적 무력화 상태에 빠트립니다. 기운의 차이에 따라서 무력화 상태의 차이가 달라집니다. 단, 자신보다 강한 기운과 의지를 지닌

상대에게는 통하지 않습니다.

　이와 같은 스킬의 효과로 인해 위험을 넘긴 적이 한두 번
이 아니었다.
　그리고 세 번째.
　안성우의 이름을 쓰려고 하다가 펜을 멈췄다.
　엄밀히 따지자면, 그는 조력자이지 내가 가진 것이 아니다.
　지금 적는 것은 오로지 나의 것이어야 한다.
　잠시 생각을 하다가 얼마 전 경복궁의 내탕고에서 발견
한 유물을 적었다.

　[유물]

　상자에 담긴 유물 하나하나의 가치가 적게는 수억, 많게
는 수십억이었다.
　만약 현물로 모두 팔아 치운다면, 그 값어치는 수백억에
이를 것이다.
　"국내 유물은 건드리지 않는다고 해도 그 가치는 최소
100억."
　건륭제의 검에만 매겨진 대략적인 가치였다.
　그리고 다음 네 번째는 사법 고시였다.

[사법 고시]

사시 합격 패스.

아직은 아니지만, 훗날 갖게 될 검사라는 직책.

대한민국에서 검사는 무소불위의 권력은 아니더라도 사회적으로 분명 인정받고 대접받는 직업이었다.

정치인, 재벌가의 사람들도 일단 검사라고 하면 대놓고 무시하지는 않는다.

무서워서?

그런 것은 아니다.

그들이 가진 힘을 이용하면, 평검사 하나 옷을 벗기는 것쯤은 쉬운 일이었다.

다만 그렇다고 해도 검사는 공권력과 수사권을 지닌 직업이다.

만약이라도 검사가 악심을 품고 미친개로 돌변해서 달려들면, 그들 입장에서는 모든 상황이 귀찮아질 수밖에 없다.

그 때문에 아무리 가진 것이 많고 힘이 있다고 해도 대한민국에서 검사를 무시할 수 있는 사람은 같은 검사들뿐이었다.

다음으로 종이에 숫자 5를 적었다.

하지만 네 번째까지와는 달리 쉽사리 펜이 움직이지 않았다.

능력 향상으로 좋아진 머리를 굴리고 굴려도 떠오르는 게 없었다.

그렇게 얼마의 시간 동안을 고민했을까?

"후우, 일단은 이게 지금 내가 가진 전부인가 보네."

목에서 느껴지는 갈증에 거실로 나가서 물 한 모금을 마시고 다시 돌아왔다.

그리고 지금까지 적던 종이를 한쪽에 놓아두고 다른 종이를 꺼냈다.

[앞으로 해야 할 것.]

다음으로 정리를 할 것은 앞으로 내가 뭘 목적으로 하고 무엇을 해야 할지에 대한 계획이었다.

다시 종이에 숫자 1을 적었다.

그리고 그 뒤에는 처음과 마찬가지로 룰렛이라고 적었다.

앞서 내가 가진 것들은 룰렛을 기반으로 생긴 것이다.

다시 말해서 룰렛이 사라진다면, 난 내가 가진 것들의 대다수를 잃을 수밖에 없다.

그렇지 않으려면, 지금보다 룰렛에 대해서 더 자세히 그리고 확실하게 알아야 했다.

"하지만 나이트 역시 룰렛과 비슷한 물건을 찾아내지는 못했어."

일전에 나는 나이트에게 룰렛을 통해 내가 경험한 일과 비슷한 사연들이 있는지 알아봐달라고 부탁한 적이 있었다.

나이트는 당시 정보의 정확도를 위해서 예상 시간을 2주로 잡았다.

하지만 2주 끝에 내린 나이트의 결론은 모든 정보가 불확실하다는 것이었다.

내가 말한 사실과 부합되는 정보들이 존재하기는 했지만, 신빙성은 5%도 되지 않았다.

결국, 나이트를 활용해서 룰렛과 같은 힘을 지닌 물건을 찾는 것은 포기할 수밖에 없었다.

물론 그렇다고 해서 방법이 전혀 없는 것은 아니었다.

"여행자는 나 혼자가 아니니까, 다른 여행자와 접촉을 해보면 뭔가 실마리를 얻을 수 있을 가능성이 크지."

3레벨이 되고 오픈된 게시판, 통칭 M.G(Manager Gather.)

정보를 검색하고 글을 읽거나 쓰는 데도 포인트가 소모되지만, 이 게시판을 적극 활용한다면 다른 여행자와 접촉을 하는 것도 불가능한 일은 아니었다.

문제는 안전성이었다.

여행을 할 때마다 손상되는 룰렛을 복구하기 위해서는 같은 힘을 지닌 물건이 필요하다.

그리고 그건 내가 지닌 룰렛만 그런 것은 아닐 것이다.

룰렛과 비슷한 힘을 지닌 물건들이 모두 그렇다면, 접촉을 시도하려는 여행자가 오히려 내 룰렛을 노릴 수도 있는 노릇이었다.

이산이 되었을 당시 다른 여행자 두 명을 이긴 적이 있지만, 그건 어디까지나 운이었다.

상대가 나에 대해서 모르고 있었고 내가 그들보다 유리한 상황이었기 때문에 가능한 일이었다.

하지만 현실은 어떨까?

내가 지닌 스킬과 마찬가지로 그들 역시 기상천외한 스킬과 능력을 갖추고 있을 확률이 높았다.

"결국, 정보를 얻으려면 호랑이 아가리로 들어갈 수밖에 없다는 건데."

시간이 흐르면, 어차피 또 여행을 떠나야 하고 그러면 룰렛의 손상은 더 커진다.

분면 위험 부담이 존재하기는 하지만, 지금의 상황을 타파하기 위해서는 언젠가 다른 여행자와의 접촉이 필연적일 수밖에 없었다.

"으음, 일단 이 문제는 다음 여행을 다녀와서 좀 더 고민하자. 준에게 묻고 싶은 것도 몇 가지 더 있으니까."

지금 계속해서 고민한다고 답이 나올 문제는 아니었다.

고개를 젓고 종이에 2라는 숫자를 적었다.

그리고 그 옆에는 검사라는 글자를 채워 넣었다.

사법 고시 2차를 합격했지만, 그렇다고 완벽히 합격한 것은 아니다.

아직 3차인 면접시험이 남았고 또 연수원 생활도 시작해야 한다.

검사가 된다 한들, 연수원에서 좋은 성적을 거두지 못하면 지방으로 발령받을 확률이 높았다.

그런 상황이 나오지 않도록 하기 위해서는 이쪽도 신경을 아예 쓰지 않을 수가 없었다.

다음 세 번째.

잠시 고민을 하다가 양송찬과 KV 그룹을 둘 다 적어 넣었다.

성격은 다르지만, 두 가지 모두 내게 있어서 복수의 대상이었다.

양송찬은 아버지에 대한 복수.

KV 그룹은 백화점 붕괴 사고 당시 무참히 죽어간 사람들에 대한 복수다.

누군가는 그렇게 생각할 수 있다.

양송찬이야 아버지에게 위해를 가한 사람이니 복수를 하고 싶은 게 당연하지만, KV 그룹은 아니지 않는가?

그들과 당신은 아무런 상관이 없지 않느냐고 말이다.

그것도 틀린 말은 아니다.

적어도 KV 그룹과 나 사이에는 직접적인 적대 관계는 없다.

하지만 아직도 내 머릿속과 손끝, 내가 도깨비 도사가 되어서 구했던 사람들과 그러지 못했던 사람들의 기억이 고스란히 남아 있다.

자신의 아이를 살리기 위해 감싸 안고 죽었던 어머니와 아버지, 두 손을 꼭 잡고 매몰되어 있던 노부부, 흙먼지를 잔뜩 뒤집어 쓴 인형을 껴안고 있던 여자 아이, 미안하고 사랑한다는 글자를 예비 신부에게 남겨 놓고 죽은 신랑.

그 밖에도 가슴 먹먹하고 절절한 사연을 품을 채 죽어간 사람들이 수십 수백 명에 이르렀다.

그 자리에서 난 한 명이라도 더 구하고자 뛰어 다녔다.

아니, 나뿐만이 아니라 수많은 소방관들이 그러했다.

그리고 그때의 사건으로 우울증과 외상 후 스트레스 장애인 PTSD 증상을 호소하는 소방관들의 숫자도 적지 않았다.

하지만 KV 그룹은 KV 백화점 붕괴 사건은 유감이라는 입장을 밝히면서도, 그건 어디까지나 인재(人災)가 아닌 천재(天災)임을 강조했다.

건설 당시 부실 공사에 대한 정황이 이미 똑똑히 밝아졌음에도 말이다.

많은 사람들이 분노했고 또 연이어 시위가 벌어졌다.

현 정부에서도 엄중히 단죄하겠다는 입장을 고수했다.

하지만 그때로부터 벌써 1년.

불매 운동까지 벌어졌던 KV 그룹은 여전히 대한민국의 거대 재벌로 군림하고 있다.

고작해야 백화점 건설 책임자와 그 관련자들 몇몇이 최종 판결로 징역 3년 및 벌금형에 처해졌을 뿐이었다.

당연한 얘기지만, 진짜 KV 그룹의 오너 일가라고 할 수 있는 사람들은 처벌 대상자에서 모두 제외되어 있었다.

이렇게 시간이 더 지난다면, KV 백화점 붕괴 사건은 대한민국 역사에 큰 아픔을 줬던 사건이라는 것만 남기고 묻혀갈 것이다.

죄를 지은 사람들은 죗값을 치르지 않고 여전히 잘 먹고 잘 살 것이다.

정의?

그런 아름답고 달콤한 단어 때문이 아니다.

영웅?

그딴 말도 안 되는 이유 때문은 더더욱 아니다.

단지 그 현장에 있던 사람으로서 희생된 사람들이 저승에서라도 부디 마음 편히 쉴 수 있게 해주고 싶은 것뿐이다.

"룰렛 같은 물건이 있는 마당에……저승이 없다는 게 오히려 말이 안 되잖아."

죄를 지었으니, 벌을 받게 한다.

내가 원하는 건 그뿐이었다.

다음으로 숫자 4를 적었다.

하지만 처음 가진 것에서 숫자 5를 적었을 때와 마찬가지로 마땅히 떠오르는 게 없었다.

한참을 생각하다가 이내 조심스럽게 글자를 적어 갔다.

[소중한 사람들과 잘 먹고 잘 사는 것.]

앞에 있는 세 가지가 없다면, 지금 가진 것으로 할 수 있는 것들 중에서 가장 빠르고 쉬운 일이었다.

물론 앞에 목표가 존재할 때는 가장 어려운 것들이기도 했다.

이상과 현실 사이에서 끊임없이 갈등하고 고민하는 일들이 빈번할 것이다.

우웅—

물끄러미 종이를 바라볼 무렵.

휴대폰으로 한 통의 문자가 도착했다.

[사법 고시 2차 합격을 축하합니다. 사법 고시 합격과 관련된⋯⋯.]

법무부에서 날아온 문자였다.

이미 알고 있던 사실이었지만, 실제로 합격했다는 문자를 보는 순간 기쁨은 두 배가 될 수밖에 없었다.

입가에 절로 미소가 생겨났다.

우웅– 우웅–

그리고 마치 기다렸다는 듯 울리는 휴대폰의 진동음.

액정에는 낯익은 이름 하나가 떠올라 있었다.

[차태현 기자]

TIME
ROULETTE
타임룰렛

Chapter 104. 장부

솔직히 첫 만남에서 느낀 감정은 세상에 참 미친놈이 많
다는 것이었다.

적어도 한정훈을 처음 만났을 때, 차태현의 느낌이 그러
했다.

그러던 것이 첫 만남 이후 본격적으로 한정훈이란 사람
에 대해서 조사를 시작하면서 조금씩 변화하기 시작했다.

양파 같은 인간이라고 해야 할까?

조사를 하면 할수록 신기한 것들이 한두 가지가 아니었
다.

무엇보다 놀라운 것은 시간이었다.

평범한 대학생에서 그가 톡톡 튀는 모습을 보이기 시작하는 데까지 걸린 시간은 2년이 채 걸리지 않았다.

흡사 만화의 캐릭터가 뒤늦은 각성을 한 것처럼 말이다.

그래서 주의를 기울여서 관심을 갖고 지켜보기 시작했다.

정말 그가 자신이 내뱉은 말을 지킬 수 있는지 없는지 확인하기 위해서였다.

그렇게 시간이 흘러 사법 고시 1차 합격자 명단이 발표됐다.

합격자를 확인하기도 전에 차태현은 왠지 모르게 명단에 한정훈이 있을 것 같다는 느낌을 받았다.

그의 예감은 틀리지 않았다.

한정훈은 1차 합격자 명단에 포함된 것도 모자라 수석을 차지했다.

그때부터 한정훈에 대한 차태현의 관심은 더 커졌다.

그리고 마치 당사자마냥 다음 2차 시험이 기다려졌다.

만약 2차 시험에서도 합격을 한다면 어떨까?

아니, 합격을 하는 정도가 아니라 이번에도 수석이라면?

묘한 기대감 속에 시간이 흘러갔고, 그가 기다리던 사법 고시 2차 시험의 합격자 명단이 발표됐다.

[111367297 한정훈]

"역시!"

인터넷을 통해 합격자 명단을 확인한 차태현이 주먹을 불끈 쥐었다.

자신의 예상이 틀리지 않았다.

"……이렇게 된 이상 그 사람은 분명 둘 중 하나야. 세상을 흔들 거물이 되거나 그게 아니면 희대의 미치광이가 되거나."

차태현의 중얼거림에 그의 후임 기자인 오성태가 모니터에서 눈을 떼고 고개를 돌렸다.

그는 올해로 애국일보 입사 1년차로 막내기자였다.

특이한 것은 오성태가 본래부터 기자를 꿈꿨던 것은 아니었다는 것이다.

본래 오성태는 경찰대학교를 다니면서 경찰을 꿈꿨지만, 사고로 인해 학교를 자퇴했다.

그 뒤로 기자가 되겠다고 결심함과 동시에 진로를 바꿔 애국일보에 입사하게 되었다.

그 덕분인지 오성태는 일반 기자들과는 달리 덩치가 유독 좋았다.

거기에 머리까지 스포츠로 깎아놔서, 취재를 하러 나가면 종종 조폭으로 오해를 하는 사람들도 많았다.

"흐아암! 선배, 꿈꿨어요? 갑자기 무슨 소리예요?"

"그런 게 있다. 그보다 커피나 한 잔 타 와."

차태현의 심부름에 오성태가 입술을 삐죽 내밀었다.

"아니, 무슨 내가 다방 아가씨도 아니고 걸핏하면 커피를 타 오라고 해요? 저도 엄연히 애국일보의 기자라고요!"

"어쭈. 고작 1년차 나부랭이가 많이 컸다? 그래서 우리 오 기자님. 기사거리 좀 많이 찾았나? 다음 메인은 너한테 맡겨도 문제없어?"

"에? 메, 메인이요?"

"그래, 내일 메인 네 기사로 달게 해줄까? 너도 엄연히 애국일보의 기자인데 이제 메인 기사 정도는 맡아봐야지."

스윽.

"……둘둘로 타 오면 되는 거 맞죠?"

투정을 부리던 오성태가 재빨리 자리에서 일어나 탕비실로 걸음을 옮겼다.

그 모습을 뒤에서 바라보던 차태현이 피식 웃고는 휴대폰을 들었다.

합격자 발표는 인터넷으로 확인을 했지만, 지금 이 순간 그보다 한 가지 더 알고 싶은 게 있기 때문이었다.

우웅—

휴대폰 너머로 몇 번의 진동음이 가더니, 이내 걸걸한 목소리가 흘러나왔다.

[아이고! 우리 차 기자님! 어떤 일로 전화를 주셨습니까? 소인, 성은이 망극하옵니다!]

"우리 형님, 장난은 여전하시네요. 잘 지내고 계십니까?"

[잘 지내긴 개뿔. 죽지 못해 산다. 괜히 사회 정치부 기자를 선택했어. 연예부로 갔으면, 눈이라도 즐거웠을 텐데.]

차태현에게 하소연을 하듯 한숨을 쉬는 사람은 박명일.

그는 조중일보 소속의 기자로 경력이 10년이 넘어가는 베테랑 중의 베테랑이었다.

두 사람은 고려대학교 선후배 사이로 차태현이 증권사에 근무하던 시절부터 인연을 이어오고 있었다.

"그럼, 형님도 이 기회에 디스 데일리로 옮기는 게 어때요? 형님 정도면 거기서 쌍수를 들고 환영할걸요?"

[뭐, 인마? 내가 기자 생활을 그만두면 그만뒀지, 그딴 곳은 안 간다.]

디스 데일리는 연예계 소식을 전문적으로 다루는 회사로 항상 이슈가 끊이지 않는 곳이었다.

최근에는 한 연예인의 비밀 연애를 몰래 촬영해서 공개함으로 도마 위에 오른 적도 있었다.

"그냥 한번 해본 소리입니다. 그보다 형님, 좀 물어볼 게 있는데요."

[그럼, 그렇지. 네가 웬일로 전화를 다 하나 했다. 뭔데?]

"이번에 사법 고시 2차 시험 합격자 발표 난 거는 아시죠?"

[알지. 이번에 시험이 꽤 어려웠는데, 오히려 고득점인 사람은 작년보다 많다고 하더라. 그런데 갑자기 사법 고시는 왜? 너희 쪽 신문사 취재 분야랑은 별로 연관 없잖아?]

"그렇긴 한데, 개인적으로 알고 싶은 게 있어서요. 혹시 2차 시험 수석이 누구인지 좀 알 수 있을까요?"

[수석? 알려면 알 수야 있지만…….]

"에이! 좋습니다. 다음에 소주에 삼겹살 살 테니까, 좀 알려줘요."

[이왕이면, 삼겹살 말고 목살로 해라. 나이 먹으니까 기름진 걸 먹으면 속이 영 좋지 않아가지고. 저번에도 그 뭐냐 장어를 먹었더니…….]

"아! 알았어요. 목살로 살 테니까 좀 알아봐줘요."

[매정한 자식 같으니. 알았어. 알아보고 문자로 넣어 줄 테니까, 기다려.]

그렇게 박명일과 통화를 끝내고 커피를 마시며 얼마나 기다렸을까?

차태현의 휴대폰으로 기다리던 문자가 도착했다.

[야! 이거 대박이다. 1차 수석이 이번에 2차 수석까지 했다는데? 이름이 한정훈? 한국대학교 법대 출신이라는데, 놀라운 건 점수가 자그마치 80점이 넘는단다. 이 정도 점

수면 완전 역대급이야! 게다가 더 대박인 건 이제 21살이란
다.]

　문자를 확인한 차태현의 입가에 미소가 지어졌다.

　지난 시간 동안 자신을 간질이던 촉이 맞았다.

　그것도 아주 제대로였다.

　차태현이 급히 자신의 가방과 휴대폰을 챙기고 자리에서
일어섰다.

　당황한 오성태가 엉거주춤한 자세로 따라 일어섰다.

　"어? 선배 어디 가세요?"

　"외근 간다."

　"네? 아니 곧 있으면 퇴근인데, 갑자기 무슨 외근이요?"

　"그리고 국장님 오시면, 내일 모레 메인 기사는 빼놓으
라고 해."

　"그건 또 무슨…… 아! 선배! 제대로 설명은 해주고 가셔
야죠!"

　뒤에서 오성태가 소리를 내질렀지만, 차태현은 가볍게
손을 흔들어주고는 곧장 휴대폰의 통화 버튼을 눌렀다.

　지금 이 순간, 그가 약속을 잡고 만나야 할 사람은 단 한
사람뿐이었다.

❖ ❖ ❖

밤 10시.

증평 읍내의 편의점 앞.

피곤한 얼굴로 택시에서 내리는 사내의 모습에 들고 있
던 캔 맥주를 내려놓고 손을 흔들었다.

"기자님, 여기입니다!"

"……이번에도 야외 테이블입니까?"

내 모습을 발견한 사내, 차태현 기자가 고개를 절레절레
내저으며 걸어왔다.

그러고 보니 그와의 첫 만남도 여의도의 야외 카페였다.

"오늘 같은 날은 시원하고 좋잖아요."

"그리고 벌레도 많죠."

차태현이 자신의 옷에 붙은 날파리를 손으로 떼어 내며
인상을 찌푸렸다.

그런 그에게 테이블 위에 있던 캔 맥주를 내밀었다.

"먼 길 오셨는데, 시원하게 한 잔 하시죠. 안주는 치킨
괜찮으시죠?"

"대한민국에 치킨 싫어하는 사람 있습니까? 그런데 이
거…….."

캔 맥주를 받아 든 차태현의 시선이 테이블 위에 놓인 치
킨 박스로 향했다.

잠시 인상을 찌푸리던 그가 편의점 안으로 시선을 돌리고는 이내 웃음을 흘렸다.

편의점 안의 아르바이트생 또한 테이블 위의 치킨 박스와 똑같이 생긴 박스에서 치킨을 꺼내 먹고 있었기 때문이었다.

"마음 편히 먹어도 되겠네요."

딱-

꿀꺽- 꿀꺽-

"푸아!"

캔 맥주의 뚜껑을 따서 단숨에 내용물을 들이켠 차태현이 손등으로 입을 닦아 내며 말했다.

"축하합니다. 정말 사법 고시에 2차에 합격하셨더군요. 게다가 수석으로 말이죠."

"수석이요?"

수석이라는 소리는 나도 처음 듣는 얘기였다.

"네. 아는 사람 통해서 확인해보니 수석이랍니다. 그 어렵다는 시험을 1차와 2차 모두 수석이라니. 확실히 한정훈 씨 보통 사람은 아니네요. 처음 봤을 때는 단순히 미친 사람인 줄 알았는데."

"그럼, 지금은 어떻습니까? 아직도 미친 사람으로 보이나요?"

"아주 위험한 미친놈으로 보입니다."

손을 내밀어 치킨을 한입 물어뜯은 차태현이 말을 이었
다.

"미친놈이 멍청하면 그냥 미친놈일 뿐입니다. 동네에서
사람들 손가락질이나 받거나, 그도 아니면 정신병원에 가
거나. 하지만 여기를 가진 사람들이 미치면 얘기가 달라지
죠."

차태현이 손가락으로 자신의 머리를 가리켰다.

"똑똑한 사람들이 미치면 꼭 무슨 일을 벌이거든요. 거
기다가 그쪽은 이미 그런 생각이 있다는 걸 말하기까지 하
지 않았습니까? 그래서 한편으로는 좀 걱정이 됩니다."

"제가 말입니까?"

"무슨 소립니까? 당연히 내가 걱정된다는 소리지. 원래
똑똑한 미친놈들이 사고를 치면, 그 당사자보다 주변 사람
들이 더 위험해지는 법입니다. 영화에서 자주 나오잖아
요?"

"흐음. 그런가요?"

꿀꺽- 꿀꺽-

캔 맥주 하나를 순식간에 비운 차태현은 그 옆에 놓인 다
른 캔 맥주로 손을 뻗었다.

딱-

"아무튼, 이제 얘기 좀 들어보죠."

"얘기요?"

"설마하니, 내가 한정훈 씨한테 2차 합격을 축하한다는 말 한마디 하기 위해 이 밤중에 왔겠습니까? 그것도 서울에서 증평까지?"

"그럼, 왜 오셨습니까?"

차태현이 지그시 날 노려본다.

그리고는 착 가라앉은 목소리로 말했다.

"여의도에서 하지 않았던 얘기. 그쪽이 진짜 원하는 게 뭔지, 그날 왜 나한테 그런 제안을 했는지 듣기 위해서 왔습니다. 자신과 손을 잡고 이 세상에 진실을 알리자고 했었죠? 정의 구현을 위해서라는 말은 하지 맙시다. 적어도 난 그런 달달한 게 이 세상에 남아 있다고 생각하지 않으니까."

나 역시 차태현을 지그시 쳐다봤다.

이 사람은 내 사람으로 만들기로 결심한 첫 번째 인물이었다.

그러니 지금 이 순간 난 선택을 해야 한다.

'이제부터는 내가 누군가에게 기대기보다는 다른 사람이 날 믿고 기댈 수 있을 만한 사람이 되어야 한다.'

그러기 위해서 난 또 하나의 결정을 내린 것이 있다.

"그 전에 한 가지만 다시 묻겠습니다. 제가 뭘 목적으로 하는지 물으셨죠? 그 대답에 따라 차 기자님의 생각도 달라진다는 얘기인 것 같은데, 절 도울지 아니면 이대로 떠날지. 맞습니까?"

"물론입니다."

차태현이 대답을 하는 순간 난 곧장 진실과 거짓 스킬을 발동했다.

내가 했던 결심.

그건 더는 룰렛을 통해 얻은 힘을 사용하느냐 사용하지 않느냐를 두고 고민하지 않겠다는 것이다.

앞으로는 내가 가진 것은 전부, 앞으로 나아가기 위해서 아끼지 않고 사용하겠다.

화아아─

진실과 거짓 스킬을 사용하자 날 바라보는 차태현의 몸에서 피어오르는 진한 푸른 불꽃이 보였다.

그의 말은 진실이라는 소리였다.

"제가 목적으로 하고 있는 것은 일단…… KV 그룹을 단죄하는 겁니다."

"……!"

경악한 차태현의 입이 함지박만 하게 벌어졌다.

그 벌어진 입속으로 날파리가 들어가려는 것을 내가 손을 뻗어 잡았다.

그럼에도 불구하고 차태현의 벌어진 입은 다물어질 줄 몰랐다.

"차 기자님? 차 기자님!"

"네? 아, 미안합니다. 워낙 황당한 소리를 들어가지고.

저기, 지금 한 말 진심으로 하는 소리입니까? 아니, KV 그룹이 어떤 곳인지는 알아요? 혹시 KV 그룹에 소속된 사람을 잘못 말한 거 아니에요? 예를 들면, 거기 회장의 막내아들이나 뭐 그런 사람."

"음, 제 말이 너무 추상적이었나 보네요. 정정하죠. KV 그룹의 현 회장을 단죄하겠다는 소리입니다."

"……다시 묻지만, 정말 KV 그룹이 어떤 곳인지 모르는 건 아니죠?"

"잘 알고 있습니다. 설마 제가 적이 누구인지도 모르고 싸움을 걸 정도로 바보 같아 보이십니까? 저 사법 고시 수석 합격생입니다."

"……이건 정말 제 생각 이상으로 위험한 미친놈이었군요."

칭찬인가? 아님 욕인가?

기분이 나쁘지는 않으니, 일단 넘어간다.

미친놈이라는 말을 끝으로 할 말을 잃은 차태현 기자를 향해 마저 말을 이었다.

"1967년에 설립된 KV 그룹의 현 재계 순위는 7위. 소속된 직원은 5만 명으로 전자, 물산, 보험, 중공업, 증권, 카드, 연구소, 전기 등등 그 계열사만 해도 무려 30개에 이르는 국내 굴지의 대기업이죠."

"아니! 그걸 아는 사람이 그런 소리를 합니까? 그런 게 우리 나라에서 가능하다고 생각합니까?"

"왜 불가능하다고 생각합니까?"

"그거야!"

목소리를 높이려던 차태현이 숨을 고르며 흥분을 가라앉혔다.

"혹시 KV 그룹이랑 원한이라도 있습니까? 아버지가 하던 사업이 KV 그룹 때문에 부도가 났거나 아님 부당 해고를 당했거나. 그도 아니면 가족 중에 누가 그쪽 집안사람 때문에 안 좋은 일이 있었어요? 그래서 복수하려고 악착같이 공부해서 사법 고시를 봤고 검사가 되려는 겁니까? 복수하려고?"

"드라마 같은 스토리네요."

당장 차태현이 말한 스토리만 가지고도 소설이나 드라마 한 편은 만들 수 있을 것 같았다.

"드라마가 아니라 기자 생활하다 보면 종종 듣거나 만나게 되는 스토리입니다. 그런데 이 스토리 결말이 어떻게 되는 줄 압니까? 드라마처럼 해피엔딩이 아니라 새드엔딩입니다. 아등바등 공부해서 올라가면, 오히려 밑에 있을 때는 보이지 않던 현격한 차이를 비로소 실감하기 마련입니다. 검사? 물론 대단하지요. 하지만 부장 검사나 차장 검사라 한들 재벌은 못 건드립니다. 왜 영화 같은 곳에서 많이 나오지 않습니까? 적어도 재벌을 건드리려면 검찰 총장, 거기에 정부와 나름 사전에 협의가 되어야 건드릴 수 있는 게 바로 우리나라 재벌입니다. 그런데 이제 21살, 사법 고시 2차 합격생이 재벌가의 총수를 단죄하겠다고 하니, 내가 어떻게 받아들이겠습니까?'

차태현 기자는 숨도 쉬지 않고 속사포처럼 말을 토해 냈다.

"대단하네요."

"이건 대단한 정도가 아니죠."

"아니, 제가 말하는 대단하다는 의미는 숨도 쉬지 않고 말하는 기자님을 말하는 겁니다."

"한정훈 씨!"

"아까도 말했지만, 저 바보 아닙니다. 제가 아무 계획 없이 이러겠습니까? 자칫 잘못하면 저는 물론 기자님 인생도 종칠 수 있는데요."

"정확히 알고 계시네요. 그 말대로 선을 넘는 순간, 그놈들은 절대 그냥 지켜보고 있지 않을 겁니다. 그러니까 어떤 이유인지는 모르겠지만, KV 그룹을 공격할 생각은 말아요. 계란을 아무리 던져도 바위는 못 깨는 법입니다."

틀린 말은 아니다.

차태현 기자가 굳이 거론하지 않은 우리나라 재벌들의 특징.

그건 상대가 약하면 약할수록, 고개조차 들 수 없을 만큼 철저하게 밟아 버린다는 것이다.

만약 차태현 기자가 KV 그룹을 향해 악의적인 기사를 쏟아낸다면, 그들은 분명 두 가지 방법을 쓸 것이다.

적당한 돈으로 회유하려 들거나, 그게 아니면 앞서 말했듯 두 번 다시 펜을 들 수 없을 정도로 철저하게 짓밟거나.

차태현 기자를 내 편으로 만든다고 해도, 이런 상황을 막기 위해서는 반드시 해야 할 것들이 있다.

그를 지켜 줄 두터운 방벽을 만드는 것이다.

무력 혹은 상대가 쉽게 건드릴 수 없을 만큼 이 사람을 업계의 거물로 만들어야 한다.

"그럼, 그때 죽은 불쌍한 사람들 억울함은 누가 풀어 줍니까?"

"……?"

"백화점 붕괴 사고로 죽은 사람들 말입니다."

"아!"

"몇 달 동안 모은 돈으로 부모님 선물 사러 백화점을 방문했던 자식, 곧 태어날 아기 옷을 사러 갔던 엄마, 손자 장난감을 사러 간 할아버지, 평생 고생한 마누라 가방 하나 사주려고 갔던 남편. 그렇게 설레는 마음을 가지고 방문했던 수백 명의 사람이 목숨을 잃었습니다."

"……."

"그런데 진짜 잘못을 저지른 사람들은 얼굴도 보이지

않고 엉뚱한 사람들이 대국민 사과를 하면서 감옥에 갔네요? 그것도 징역 3년, 5년을 받고요?"

"……."

"웃기죠? 아마 그때 죽은 가족을 다시 살릴 수 만 있다면, 남은 가족들 중에서 징역 30년이고 50년이고 기꺼이 살겠다는 사람들도 있을 텐데요."

"……혹시 그때 아는 분이 그 사고를 당해서 이러는 겁니까?"

차태현이 조심스럽게 물었다.

"그런 건 없습니다. 분명히 말하지만, 개인적인 복수를 위해서가 아닙니다. 그냥 단지……."

맥주를 한 모금 마시고는 말을 이었다.

"보여 주고 싶은 겁니다. 죄를 지으면, 그에 합당한 벌을 받는다. 그게 소시민이든 재벌이든. 너무 거창한가요?"

"이것 참……."

헛웃음을 흘린 차태현이 까끌까끌할 정도로 턱 밑에 자란 수염을 매만졌다.

"그래서 구체적으로 뭘 어떻게 할 생각인 겁니까?"

"도와주실 생각은 있는 겁니까?"

차태현이 고개를 저었다.

"일단 계획부터 들어보죠. 그리고 저 하나 손을 거든다고 해서 크게 달라질 게 있을까라는 생각이 드는군요. 스케

일이 너무 어마무시해서 말입니다."

"……우선 검사가 된 뒤에 KV 백화점 붕괴 사고에 대해서 전면 재수사할 예정입니다. 자신이 책임자라고 독박을 쓰고 감옥에 들어간 사람들 말고, 진짜 그 배후에 있던 사람들을 건드릴 겁니다. 또한 부실 공사가 될 수밖에 없었던 자금 부족. 분명 충분한 자금이 있었음에도 부실 공사가 될 수밖에 없던 건 목적대로 쓰여야 할 돈이 다른 곳으로 흘러갔다는 소리밖에 안 되죠. 그 돈의 행방에 대해서 조사를 하면, KV 그룹을 흔들 준비는 충분합니다."

"하지만 그 정도로는 어려울 텐데요? 고작해야 주식이 내려가는 수준. 그마저도 시간이 흐르면 곧 회복할 겁니다. 지금처럼."

확실히 백화점 붕괴로 KV 그룹의 주식은 한 차례 폭락했었지만, 지금은 그 전과 비슷한 수준으로 회복된 상태였다.

"지금은 아직 모든 걸 다 말해 줄 수 없습니다. 하지만 방금 말한 것들이 실행되는 와중에 다른 계획들도 차근차근 실행될 겁니다."

"그럼, 제가 해야 할 건 뭡니까? 얘기를 들으면, 굳이 한정훈 씨가 저를 찾아와 이런 얘기를 할 필요가 없지 않습니까?"

"제가 할 수 없는 걸 기자님이 해줘야 하니까요."

"그게 무슨?"

"국민이 제 편이 되게 만들어 주셔야 합니다."

"에?"

전혀 생각하지 못했던 소리일까?

차태현이 황당한 표정으로 말한다.

"저기, 한정훈 씨랑 달리 전 천재도 아니고 그냥 하루하루 기사 올려서 월급 받아먹고 사는 평범한 기자입니다만?"

"그럼, 지금부터 평범한 기자를 하지 않으면 되겠네요. 어차피 앞으로 할 일도 평범한 것들은 없을 테지만."

평범하고 비범하고를 정하는 건 결국은 어떤 일을 하고 어떤 물건이 들려 있느냐의 차이일 뿐이다.

빌 게이츠에게 컴퓨터가 아닌 걸레를 주고 바닥을 닦게 한다면, 과연 그게 비범해 보일까?

빌 게이츠를 빛나게 하는 건 컴퓨터라는 물건이 함께 있을 때였다.

"물론, 지금 당장 차 기자님에게 KV 그룹을 헐뜯는 기사를 쓰라고 할 생각은 없습니다. 저와 함께하려면, 기자님도 이쪽 업계에서는 나름 쉽게 건드릴 수 없는 거물이 되셔야 하거든요. 사회 정치부 기자 쪽으로 말이죠. 대략 기준을 정해서 말씀드리자면, 음······ 기자님이 쓰신 기사는 팥으로 메주를 쑨다고 해도 국민들이 믿을 정도로?

그리고 이건 그때를 위한 밑거름이라고 할 수 있겠네요."

스윽.

말을 끝냄과 동시에 품에서 USB를 꺼내 내밀었다.

"……그건 뭡니까?"

"한번 보세요."

"확인하고 나면, 이제 돌아갈 배가 없을 것 같아서 고민 중입니다."

걸렸나? 아무튼, 눈치 하나는 일품이다.

"잘 알고 계시네요. 그걸 보면, 무조건 저와 함께해야 합니다. 거기에 있는 것들은 그만한 가치가 있거든요."

내가 내민 USB.

거기에는 안 집사에게도 보여준 적이 없는 문서의 복사본이 들어 있었다.

잠시 고민을 하던 차태현이 손을 내밀어 USB를 잡았다.

"우리나라 말에는 이런 말이 있죠. 일단 못 먹어도 고다. 어차피 지금까지의 얘기를 들은 것만 해도, 한정훈 씨와 같은 배를 타지 않으면 밤마다 편히 잠들 수 없을 것 같네요."

마음을 굳힌 차태현이 휴대폰에 곧장 USB를 연결하고는 내용물을 확인했다.

딱-

그사이 나는 새로운 캔 맥주의 뚜껑을 따서 혼자 홀짝이기 시작했다.

그렇게 얼마의 시간이 흘렀을까?

"……나, 나한테 뭘 보여준 겁니까? 아니, 이걸 대체 어디서 구했어요?"

앞서 KV 그룹에 대한 얘기를 꺼냈을 때보다 훨씬 떨리는 목소리.

얼마나 놀랐는지 그 짧은 시간 동안 얼굴이 하얗게 질려 있었다.

하긴 그럴 수밖에 없을 것이다.

내가 차태현에게 건넨 USB 파일에 담긴 내용.

그건 현재 우리나라 정치권의 터줏대감들로 불리는 정치인들의 비자금 내용이었다.

황금 그룹의 송지철.

아니, 엄밀히 말하면 그 아버지 때부터 존재했던 비자금 장부.

당시 국가안전기획부, 통칭 안기부에서 기를 쓰고 찾으려고 했던 장부의 일부 복사본이 USB 안에 담겨 있었다.

물론 장부에 적힌 내용 중에서 삼분지 일은 현재 사용할 수가 없다.

세월의 흐름 앞에 이미 고인이 된 사람들의 숫자가 상당했기 때문이었다.

그러나 그들을 제외하고도 70년대부터 90년대까지 돈을 받은 다양한 사람들의 명단이 장부에 고스란히 적혀 있었다.

그리고 개중에는 당시 군부의 대령이나 준장, 당시에는 국회의 초선 의원이었지만 현재는 현역에서 왕성한 활동을 보이는 정치인들도 다수 있었다.

본래 될성부른 나무는 떡잎부터 알아본다고 하지 않던가?

초선 시절에 그들이 받은 액수만 하더라도 입이 떡 벌어지는 액수였다.

80년대 서울의 아파트 한 채 가격이 4~5천만 원이었을 당시, 활동비 명목으로 그들이 황금 그룹에서 다달이 받아가던 돈만 해도 천만 원이 넘었다.

1년으로 치면, 아파트 두 채.

그들은 그걸 수년 동안 챙겨 왔다.

"거기서 몇 개만 뽑아서 터트려도 아마 신문과 인터넷 포털 사이트에 차 기자님이 쓴 기사로 도배가 될걸요?"

"그런 건 바라지도 않습니다. 그리고 이 파일의 내용은 지금의 제가 감당할 수 있는 수준이 아닙니다."

차태현이 미련 없이 휴대폰에서 USB를 빼내고는 다시 내게 내밀었다.

그리고는 진지한 어조로 말했다.

"사람들은 기자들이 특종거리가 있으면, 바로 기사로

써낸다고 생각합니다. 물론 틀린 말은 아니죠. 아무리 좋은 기사도 괜히 된장마냥 묵혀 뒀다가는 자칫 똥이 될 수도 있으니까. 하지만 그렇다고 해서 무작정 터트리지는 않습니다. 펜이 칼보다 강하다는 말 들어보셨죠?"

고개를 끄덕였다.

이는 언론의 힘이 무력보다 강하다는 비유적인 표현으로, 힘은 결국 머리를 이기지 못한다는 뜻 역시 담고 있었다.

또한, 현대에 이르러서는 기자들을 가리켜 펜으로 사람을 죽이는 살인마라는 인식 또한 팽배해지고 있었다.

단지 사회적 관심을 끌기 위해 아무렇지도 않게 올린 기사 하나가 애꿎은 사람을 죽음으로 몰고 가는 일들이 심상치 않게 벌어지고 있기 때문이었다.

"진짜 기자라면, 진실을 밝히는 것만 생각해서는 안 됩니다. 자기가 올린 기사가 이 사회에 어떤 파장을 불러일으킬지도 생각을 해야 합니다. 또 이왕 세상에 알릴 거면, 철저하고 완벽하게 준비해서 던져야 합니다. 예를 들어서 제가 그 USB에 담긴 내용으로 당장 내일 기사를 터트리면, 사흘 안에 제 기사는 포털 사이트에서 사라질 겁니다. 뭐, 당장 연예인들과 관련된 가십에 묻히겠죠."

문득 궁금증 하나가 생겼다.

"……듣기로는 사회적 파장이 제법 있을 것 같은 연예인

기사는 따로 관리한다고 하던데. 사실입니까?"

"어디 연예인뿐이겠습니까? 없는 내용도 마음먹고 만들어서 인터넷을 도배시킬 수 있는 기자들이 대한민국에 생각 외로 많이 있습니다. 생각해보시죠. 톱스타의 불륜이나 마약, 혹은 영상과 관련된 기사와 이름도 들어보지 못한 정치인의 비자금과 관련된 기사. 지금 시대의 사람들이 어떤 기사에 관심을 더 많이 가지겠습니까?"

이미 답이 나와 있는 질문이었다.

"그리고 결정적으로, 창피하긴 하지만, 아까 그 자료는 애국일보가 감당할 정도의 수준이 아닙니다. 기사를 올리는 순간, 애국일보는 공중분해 될 것이고, 소속되어 있던 기자들은 다른 신문사에는 발도 붙이지 못할 겁니다."

"그런 전례가 있었습니까?"

내가 물었지만, 차태현은 굳이 대답하지 않았다. 무언의 긍정이었다.

"그럼, 이 정도 내용을 신문과 포털 사이트에 올리려면 어느 정도 위치에 있는 언론인이어야 합니까?"

"그야……."

올리는 건 어려운 게 아니다.

내가 말하는 건 사회적인 이슈까지 감안해서다.

차태현 역시 그걸 알기 때문에 잠시 생각을 하다가 입을 열었다.

"조중일보의 국장이나 이사라면 가능할 겁니다. 적어도 펜으로 밥을 먹는 사람들 중에서 그 사람들 말을 무시할 수 있는 사람은 대한민국에서 얼마 되지 않으니까요."

조중일보.

창립된 지 50년이 넘은 대한민국 최고의 신문사.

일반 인터넷 신문사와 조중일보의 신문에 실린 기사에 대한 파급력은 같은 내용일지라도 차원이 다르다.

당장 묻지마 살인사건과 같은 기사만 하더라도 전자는 가십거리 기사라고 생각하지만, 후자의 경우에는 세상에 그런 미친놈은 가만두면 안 된다는 집회가 열릴 정도였다.

하지만 영향력이 큰 만큼 재계는 물론 정치권과 밀접한 관계를 가지고 있는 것 또한 사실이었다.

"한정훈 씨. 솔직히 말하면 사실 지금 이 자리에 있는 내가 귀신을 만나고 있는 게 아닌가라는 생각도 듭니다. 21살, 사법 고시 1차와 2차 수석, 거기에 국내 굴지의 기부 재단인 희망 재단 이사. 그런 사람의 목표가 KV 그룹을 단죄하는 건데, 갑자기 보여준 USB 파일에는 국내 정치인들의 비자금 내역이 있다?"

"제 나이 또래에 스스로 창립해서 수조 원의 가치를 지닌 회사를 만든 사람도 있고 수천수만 명의 직원을 거느린 경영자도 많습니다."

"그건!"

"그 사람이나 저나 앞에 있는 차 기자님이나 똑같은 사람입니다. 그러니 놀라는 건 이제 그만합시다. 이 정도로 놀라면, 일하면서 우황청심환을 달고 살아야 할 겁니다."

"하지만 지금의 애국일보로는……."

"아니요. 애국일보가 아닙니다. 뭔가 오해하신 것 같은데, 내가 제안을 한 사람은 차 기자님입니다. 애국일보에 대한 관심은 하나도 없습니다. 애초에 차 기자님이 아니었으면, 애국일보라는 신문사가 있는지 평생 알지도 못했을 겁니다."

"……."

"그리고 아까 보여준 기사를 당장 터트릴 생각도 없고요. 아직은 제가 차 기자님을 제대로 지켜 줄 수 있는 힘이 없거든요. 그런데도 저걸 보여 준 건, 앞으로 해야 할 목표가 뭔지를 알려드리고 싶었을 뿐입니다. 목표를 알아야 달려갈 수 있으니까요."

목적도 없이 움직이는 사람은 고작 해봐야 삼류밖에 되지 않는다.

그리고 내가 원하는 사람은 그런 사람이 아니었다.

"그래서 말인데, 차 기자님. 이 나라에 빛이 될 신문사하나를 새로 만들어 볼 생각 없으십니까?"

"네?"

사실 신문사를 만들 생각은 하지 못했다.

하지만 차태현과 얘기를 나누다 보니, 확실히 기존의 신문사로는 이 일이 어렵다는 판단이 들었다.

그렇다고 계획을 포기할 수도 없는 일.

남은 방법은 하나뿐이었다.

"새로 만드는 게 어렵다면, 자금 압박으로 운영이 어려워진 신문사를 인수해도 좋고, 아니면 외국계 회사를 인수하는 식으로도 괜찮을 것 같은데. 어떻게 생각하십니까?"

"……저기, 잠시만요. 지금 진심으로 하는 말입니까?"

"전 언제나 진심이었습니다. 농담으로 여기까지 말했다면, 정말 미친놈인거죠."

"……."

"다행히 시간은 아직 우리 편입니다. 제가 목표로 잡고 있는 그 사람들은 이런 계획을 세우고 있는 사람이 있다는 것도 모르니까요. 그러니까 완벽하게 준비해서 한 방에 갈 겁니다. 절대 빠져나갈 수 없는 아주 단단한 그물을 만들어서."

차태현이 이내 고개를 끄덕이며 말했다.

"하겠습니다."

됐다. 설마하니, 이쯤에서 다시 생각할 시간을 달라는 말을 했다면 그건 내가 사람을 잘못 봤다는 소리밖에 안 된다.

신중한 것도 좋지만 앞으로 일을 같이 하기 위해서는 과감한 결단력도 필수였다.

"대신 한 가지만 약속해주십쇼."

"약속이요?"

"한정훈 씨는 아직 젊습니다. 말도 안 되게 젊지요. 그러니까 이 계획이 성공하고 나중에 나이가 먹어서 생각이 바뀔 수도 있다고 생각합니다."

"……?"

"세상에 처음부터 괴물이었던 사람은 없습니다. 뭐, 한정훈 씨는 지금 제가 보기에도 괴물이지만요."

이제야 차태현이 무슨 말을 하는지 이해가 갔다.

훗날 지금 말한 것들이 모두 성공했을 경우, 나라고 해서 기득권을 지키고자 하는 괴물이 되지 말란 법은 없을 것이다.

그리고 그때가 되면, 정말 이 세상 자체를 흔들 힘을 지녔으니 더 무서운 괴물이 될 것이다.

하지만 괴물이 있는 세상에는 반드시 그 괴물을 죽일 용사가 등장하는 법이다.

씩-

"만약 그렇게 된다면, 차 기자님이 제 뒤통수를 때리셔도 절대 원망하지 않겠습니다. 그러니 먼 훗날의 얘기는 나중으로 미루고 우선은 신문사를 새로 만드는 얘기부터 하죠. 초기 자금 얼마나 들 것 같습니까?"

TIME
ROULETTE
타임룰렛

Chapter 105. 바오리 경매장

중국 베이징.

과거 중국은 세계의 중심이라고 불릴 만큼 넓은 땅덩어리와 많은 인구를 지녔지만, 공산주의 체제와 시대에 뒤떨어진 발상으로 흔히 말하는 후진국 대열에 합류해 있었다.

하지만 시간이 차츰 흐르는 동안 중국의 체제 역시 조금씩 변화하기 시작했다.

많은 지식인들은 21세기가 되면 중국이 미국을 압도할 만큼의 강대국으로 거듭날 것이라는 예견했다.

그리고 그 예견은 적중했다.

값싼 인력이 넘치고 드넓은 영토를 보유한 중국이 본격적으로 경제시장에 뛰어들자, 세계 경제는 크게 요동치기 시작했다.

중국의 GDP(국내총생산)가 순식간에 치솟으며 그 액수가 무려 12조 달러에 육박했고, 미국에 이어서 당당히 2위를 차지했다.

물론 19조 달러에 이르는 미국보다는 아직 크게 못 미치는 액수라고 할 수 있다.

그러나 1위와 2위의 GDP 금액을 합칠 경우 3위인 일본과 그 밖의 30위권 국가들의 GDP를 모두 합친 금액보다 많은 액수였다.

즉, 경제대국이라고 말하기에 부족함이 없는 액수와 순위였다.

상황이 이렇다 보니, 중국에는 기존 부자들과 더불어 신흥 부자들이 끊임없이 생겨났다.

최근 공신력을 지닌 미국의 한 경제 포럼에 실린 내용에 따르면, 중국의 백만장자는 무려 134만 명이나 되었다.

대한민국의 광역시인 울산의 인구 117만 명보다 17만이나 많은 숫자였다.

이처럼 부자들이 많다 보니, 소위 꾼이라 일컫는 온갖 사람들이 한탕을 노리며 중국으로 모여드는 것은 당연한 현상일 수밖에 없었다.

눈 먼 부자 한 명만 잡아도 바로 팔자를 고칠 수 있기 때문이다.

특히 중국인은 유난히 미신에 집착하고 황금과 용을 세상 그 누구보다 좋아했다.

이런 중국인의 취향을 맞출 수 있는 재주를 지닌 꾼이라면, 작금의 중국은 사방천지 재물이 굴러다니는 노다지 세상과 다를 바가 없었다.

중국 베이징 바오리(保利) 경매장.

중국의 5대 부동산 기업이라고 알려진 바오리 그룹이 운영하는 경매장으로, 그 명성과 신뢰도는 전 세계적으로도 유명했다.

중국에서 거래되는 진귀한 유물이나 골동품의 대다수가 이 바오리 경매장을 통해 거래되었다.

끼익―

접견실에서 대기하고 있던 홍동춘이 문이 열리며 들어오는 사람을 발견하고는 얼굴 만면에 웃음을 짓고 자리에서 일어섰다.

"왕 따거! 오랜만입니다."

문을 열고 들어온 사내의 이름은 왕추이엔. 올해로 50살인 그는 바오리 경매장의 총책임자를 맡고 있었다.

왕추이엔은 50살이라는 나이가 무색할 정도로 큰 키와 체구를 지니고 있었는데, 항시 중국의 전통 무복을 입고 다녔다.

이는 왕추이엔이 각종 무술에 지대한 관심을 가지고 있기 때문이었다.

틈이 날 때마다 무술의 고수라고 불리는 사람을 초빙해서 가르침을 받거나 수련법을 배워, 본인 또한 상당한 고수로 이름이 알려져 있었다.

이런 그가 세상에서 제일 좋아하는 배우는 이소룡, 성룡, 이연걸 그리고 견자단이었다.

"이게 누구야! 수련하기 싫다고 도망간 사제 아닌가!"

호탕한 웃음을 터트리며 안으로 들어서는 왕추이엔의 모습에 홍동춘이 어색한 미소를 지었다.

지금으로부터 대략 10년 전.

홍동춘은 자신이 구한 유물을 팔 속셈으로 바오리 경매장의 책임자인 왕추이엔에게 접근을 했던 적이 있었다.

그 방법이란 건 바로 왕추이엔이 무술을 닦는 무관에 가입을 한 것이다.

무술이라고는 고작해야 군대에서 취득한 태권도 1단 자격증밖에 없던 홍동춘이었지만, 당시 그는 왕추이엔의 눈에 들기 위해 무관에서 죽기 살기로 수련을 했다.

하늘이 그 정성을 가볍게 여기지 않았던 것일까?

그의 노력을 가상하게 여긴 덕분이었는지, 왕추이엔은 기꺼이 홍동춘을 자신의 사제로 받아들였다.

물론 나이를 따지자면, 홍동춘이 왕추이엔보다 3살이 더
많았다.

　하지만 애초에 무도의 세계에서는 나이보다는 항렬이라
고 생각하는 왕추이엔에게 그런 것은 전혀 문제가 되지 않
았다.

　그리고 그건 어떻게든 바오리 경매장과 인연을 맺어야
했던 홍동춘 역시 마찬가지였다.

　그렇게 왕추이엔과 인연을 쌓은 홍동춘은 제법 많은 물
건을 바오리 경매장에서 처분하고 꽤 큰돈을 벌 수 있었다.

　"감사합니다. 사형! 아직 저를 사제라고 불러주시는군
요."

　"그럼! 한 번 사제는 영원한 사제지. 그래, 그동안 잘 지
냈는가? 얼굴에 기름기가 적은 걸 보니, 그래도 틈틈이 수
련을 해 온 것 같은데?"

　왕추이엔의 물음에 홍동춘이 환하게 웃으며 고개를 끄덕
였다.

　바오리 경매장을 찾기 전, 일부러 일주일 동안 육류는 일
절 입에도 대지 않았다는 말은 굳이 이 자리에서 할 필요가
없었다.

　"물론입니다. 그때의 가르침이 몸에 배여 있으니까요."

　"하하! 하긴 잊어먹기에는 아주 혹독하게 수련을 받았
지."

"사실, 그때 받았던 수련이 종종 꿈에 나오고는 합니다."

홍동춘이 너스레를 떨자, 왕추이엔이 기분이 좋은 듯 맞
장구를 치며 크게 웃었다.

"으하하! 그거 악몽이겠군. 그래, 요새는 무슨 일을 하고
지내나?"

"그저 작은 골동품 가게를 운영하고 있습니다."

"골동품이라. 하긴 자네 안목이 남다르긴 했지. 전문가
들이 진품이라고 하던 물건이 위작인 걸 밝혀낸 것도 자네
였지 않나?"

"……그걸 아직도 기억하고 계십니까?"

기억하지 못했으면 내심 서운했을 것이다.

하지만 그런 생각은 재빨리 접은 홍동춘이 깜짝 놀란 얼
굴로 되물었다.

"당연히 기억하고말고! 그때 일은 지금도 자네에게 아주
고마워하고 있다네."

과거 바오리 경매장에 춘추시대 중기에 제작된 것으로
추정되는 청동 항아리가 물건으로 들어온 적이 있었다.

당시 경매장에 소속된 전문가는 그 청동 항아리를 진품
이라고 단정했었다.

그 말을 의심하지 않던 왕추이엔은 우연한 기회에 홍동
춘에게 자랑 삼아 보여줬는데, 홍동춘은 그 항아리를 보고
정교하게 만들어진 위작이라고 말했었다.

경매장이 난리가 난 것은 당연했다.

경매장 소속의 전문가는 크게 화를 내며, 아무것도 모르는 홍동춘의 말 따위는 들을 가치도 없다고 소리쳤다.

하지만 인연과 의를 크게 중시하는 왕추이엔은 자신의 사제는 절대 거짓말을 할 사람이 아니라고 두둔하며, 외부에서 다른 전문가들을 초청해서 청동 항아리를 감정하게 했다.

결과적으로 청동 항아리는 위작이 맞았다.

물건을 가져온 사람과 전문가가 서로 입을 맞춰 경매장을 상대로 사기를 쳤던 것이다.

이 일을 계기로 홍동춘은 일주일 밤낮을 왕추이엔의 고맙다는 소리와 함께 술을 마셔야 했다.

"아마 그때 그 항아리가 경매에 올랐다면, 내 목이 날아갔을 게야. 그러니 내가 지금까지 이렇게 잘 살고 있는 것은 모두 사제 덕분이라고 할 수 있지."

"사형, 말씀만이라도 고맙습니다."

홍동춘이 어색한 미소를 지었다.

그때 일이 잘못됐다고 해도 왕추이엔의 목이 달아나는 일 따위는 벌어지지 않았을 것이다.

일반 경매장의 책임자야 위작이 나오면 당연히 옷을 벗겠지만, 왕추이엔은 단순한 경매장 책임자가 아닌 바오리 그룹의 친족이었다.

그가 아무런 이유 없이 막대한 이문을 벌 수 있는 경매장의 책임자로 수십 년 동안 버티고 있는 게 아니었다.

"그보다 기별도 없이 어쩐 일인가? 혹 무슨 일이라도 있는 건가?"

"그게 염치가 없지만, 사형께 부탁이 있어서 왔습니다."

"음, 사제의 부탁이라면 피를 보는 일이라도 들어줘야지."

"그, 그런 게 아닙니다."

다른 사람의 말이라면, 웃어넘기겠지만 왕추이엔은 충분히 그러고도 남을 인물이었다.

홍동춘이 급히 손을 내젓고는 품속에서 사진을 꺼냈다.

"이걸 한 번 보시겠습니까?"

홍동춘이 꺼낸 사진을 받아 든 왕추이엔이 뚫어지게 쳐다봤다.

그렇게 얼마의 시간이 지났을까?

왕추이엔이 꽤 놀란 목소리로 입을 열었다.

"건……룡제?"

"맞습니다. 건룡제, 홍력의 검입니다."

꿀꺽-

왕추이엔의 목젖이 크게 꿈틀거렸다.

그가 경매장의 책임자로 지낸 세월이 수십 년이었다.

비록 사진이지만, 물건이 모조품인지 진품인지 알아볼

수 있는 안목은 있었다.

"……자네가 가품을 들고 내게 왔을 리는 없지. 그래, 이 걸 어디서 구한 건가? 혹시 어디서 건륭제의 유적이라도 발견한 건가?"

"이 검은 제가 구한 것은 아닙니다. 한국에 있는 제 지인의 요청이 있었고, 그 때문에 사형께 부탁을 드리고자 찾아왔습니다."

"흐음."

뚫어져라 사진을 바라보던 왕추이엔이 고개를 들었다.

"그렇다면, 이 물건을 바오리 경매장에서 팔 생각은 아닌가 보군. 그럴 생각이었다면, 자네가 부탁이란 표현을 사용하지는 않았겠지."

이래서 연륜과 경험이란 게 무서운 것이다.

말하지 않아도 금세 그 의도를 짐작하기 때문이다.

홍동춘이 고개를 끄덕였다.

"맞습니다. 물건의 주인이 한국인이기 때문에 처분도 한국에서 하고 싶어 합니다."

"한국이라……."

"네, 하지만 이 물건의 가치를 잘 아는 사람은 한국인보다는 중국인이지 않겠습니까? 한국인에게는 고작 다른 국가의 왕이 쓰던 물건에 불과하지만, 이 검은 겨우 그 정도의 가치로 거래될 물건이 아니라고 생각합니다."

조심스레 말을 잇는 홍동춘을 보며 왕추이엔이 당연하다는 말했다.

"그야 당연하지! 다른 사람도 아닌 황제의 검이지 않은가? 더욱이 선조의 물건은 후손들에게 전해져야지."

"저도 그렇게 생각합니다. 그래서 드리는 말씀입니다만, 사형께서 알고 계신 경매장의 VIP에게 이 소식을 넌지시 흘려주실 수 있겠습니까?"

홍동춘이 오랜만에 왕추이엔을 찾은 목적은 바로 이거였다.

물론 처음부터 왕추이엔을 찾아 부탁을 할 생각은 아니었다.

처음에는 자신이 아는 인맥들에게 건륭제의 검에 대한 소식을 알리고 소문을 퍼트리려고 했다.

하지만 그간 너무 현역에서 쉬었던 것일까?

그가 기대했던 만큼의 파급력이 나오지 않았다.

이러다가는 해가 넘어도 건륭제의 검에 대해서 직접적인 구매 의사를 지닌 사람을 만나기도 어려울 판이었다.

결국, 홍동춘은 자신이 지닌 연락처를 몽땅 뒤져서 이 문제를 해결해 줄 사람을 찾았다.

그리고 그 적임자로 선택된 이가 바로 바오리 경매장의 책임자인 왕추이엔이었다.

왕추이엔이 잠시 눈을 감고 생각에 잠겼다.

홍동춘은 가만히 그 모습을 지켜봤다.

겉으로는 태연한 척하고 있지만, 손바닥에는 흥건할 정도로 땀방울이 맺히고 있었다.

만약 왕추이엔이 제안을 거절한다면, 그때는 더 힘들고 어려운 방법밖에 남지 않았다.

그렇게 얼마의 시간이 흘렀을까?

천천히 눈을 뜬 왕추이엔이 말했다.

"차라리 이렇게 하는 게 어떤가?"

"네?"

"한국에 대한 경매장이라는 곳이 있네. 대한 그룹의 직계가 운영하는 경매장인데, 얼마 전 우리 바오리 경매장과 제휴를 맺었다네."

"대한 경매장이라, 처음 듣는 곳이군요."

한국 사람인 홍동춘이 국내 굴지의 재벌인 대한 그룹을 모를 리 없었다.

하지만 그도 대한 그룹이 운영하는 경매장에 대한 것은 처음 들어봤다.

"최근 설립된 곳이니 모를 수도 있을 걸세. 우리와 제휴를 맺은 지도 얼마 안 됐으니까."

"그나저나 제휴라면 어떤 겁니까?"

"각 경매장에서 양쪽의 고객들이 더 흥미 있는 물건이 생기면, 물건에 따라서 서로 도움을 주는 거지. 위탁경매도 대신하고 말이야."

"아!"

홍동춘이 이해했다는 듯 고개를 끄덕였다.

왕추인에 이어 말했다.

"그래서 말인데. 내가 우리 경매장의 VIP들에게 언질을
해줄 테니, 그 검을 대한 그룹의 경매장에서 경매하는 게
어떤가? 일대일로 거래를 하는 게 아니라면, 아무리 내가
소개를 한다고 해도 VIP들은 쉽게 움직이지 않을 것이네.
게다가 아무리 물건이 뛰어나도 무대가 허름하면, 그 가치
가 퇴색되기 마련이지. 우리 바오리에 비하면 좀 떨어지겠
지만, 그래도 한국의 대한이라면 VIP들도 납득하고 움직일
거야."

왕추이엔의 말대로였다.

바오리 경매장을 이용하는 VIP들은 갖고 싶은 물건이
있다면 똥통이라도 뛰어드는 벼락부자와는 조금 달랐다.

그들은 설령 갖고 싶은 것이 있다고 해도 무대가 허름하
다면, 움직이지 않는다.

반면, 일단 움직이고 나면 그 물건의 가격이 얼마가 되었
든 돈을 쓰는 데 있어 주저하지 않았다.

"일단 소유자한테 의사를 물어봐야 하겠지만, 그리 어려
운 일은 아닐 겁니다. 그런데 단지 대한 경매장과 제휴를
맺어서 그러신 겁니까? 한국이라면, 명성을 생각했을 때는

그래도 신라 경매장이 유명하지 않습니까?"

신라 경매장은 1940년대부터 명맥을 이어오는 경매장으로, 세계적으로 그 명성이 낮을지 몰라도 대한민국에서는 최고로 불리는 곳이었다.

'이 사람이 고작 그런 이유로 대한을 추천했을 리가 없는데.'

그가 생각하기에 왕추이엔은 단순히 제휴를 맺었다고 해서 편의를 봐줄 사람이 아니었다.

왕추이엔이 인연과 의를 중시하기는 하지만 오히려 사업적인 측면에서 있어서 그는 대단히 까다로운 사람이었다.

홍동춘의 물음에 왕추이엔이 착잡한 표정으로 입을 열었다.

"자네 혹시 조희를 기억하나?"

"사형의 따님 아닙니까?"

왕조희는 왕추이엔의 딸이었다.

과거 홍동춘이 왕추이엔이 함께 일할 때 몇 번 얼굴을 본 적이 있었다.

키도 크고 덩치도 좋은 왕추이엔과는 다르게 전체적으로 가녀리고 호리호리한 여성이었다.

"6년 전, 조희가 병으로 세상을 떠났다네."

"아, 저런…… 상심이 크셨겠습니다."

"후우, 그때는 세상이 다 무너지는 것 같았지. 아무튼 조희 그 아이에게 소연이라는 딸이 하나 있는데, 그 아이가 한국의 가수들을 그렇게 좋아한다더군. 그래서 이번 기회에 그쪽 일에 도움도 좀 주고, 손녀가 마음 편히 관광할 수 있도록 부탁할 생각이네. 이 정도 건수면, 그쪽에서 알아서 신경 써주지 않겠는가?"

"그, 그렇군요."

왕추이엔의 속내를 들은 홍동춘이 어색한 미소를 지었다.

설마하니 이런 이유일 줄은 생각하지도 못했다.

K-POP.

지금은 조금 줄어들기는 했지만, 그래도 중국을 강타한 한류 열풍은 무시할 수 있는 수준이 아니었다.

고작 몇 개월의 중국 활동으로 한국에서 10년을 활동해야 모을 수 있는 돈을 벌어들인 스타가 있는가 하면, 무명에 가까웠던 가수가 중국에서 인기를 얻어 출연료로 수억을 받는 일도 비일비재했다.

그만큼 한국 스타에 대한 중국인들의 관심은 엄청나다고 할 수 있었다.

하지만 그렇다고 해도 상당한 수수료와 전략적으로 이용할 수 있는 거래를 고작 손녀의 관광을 조건으로 내거는 걸 보면, 홍동춘이 보기에 확실히 왕추이엔도 보통 사람은 아니었다.

그게 아니라면, 흐르는 세월 앞에 왕추이엔 역시 늙은 것
이라는 표현이 옳을 것이다.

"VIP들과 대한 경매장 쪽에는 내가 담당자에게 연락을
해놓을 테니까. 한국에서의 일은 그쪽 담당자랑 연락을 하
면 될 거야."

"사형, 감사합니다."

"감사는 무슨. 다른 사람도 아니고 사제의 부탁 아닌가?
하하! 자, 이럴 게 아니라 오랜만에 만났으니 장소를 옮겨
서 술이나 한잔하도록 하지. 가세나."

왕추이엔은 한 입으로 두말하는 사람이 아니었다.

여기까지 왔다면, 이번 일은 성사된 것이나 마찬가지였다.

"물론입니다! 오늘 코가 삐뚤어지게 같이 한잔하시죠."

왕추이엔이 어깨를 툭 치며 자리에서 일어서자 홍동춘도
재빨리 소파에서 몸을 바로 했다.

처음 접견실에 들어올 때와는 달리 그의 표정은 웃음꽃
이 펴져 있었다.

'이제 남은 건 한국에서 건륭제의 검이 대박으로 팔리길
빌어야겠구나.'

최종 경매 낙찰가의 5%.

홍동춘이 인맥을 총동원하고 사방팔방 뛰어다니며, 건륭
제의 검을 팔 수 있는 경로를 찾으려던 이유였다.

TIME
ROULETTE
타임룰렛

Chapter 106. 죗값

밤이 늦었을 무렵, 정찬우 교수로부터 전화가 걸려왔다.

"대한 경매장이요? 대한 그룹에서 운영하는 경매장인가요?"

[예, 대한 그룹에서 최근 신설한 경매장인 것 같습니다. 중국 쪽 의견은 자신들의 VIP 고객들에게 연락을 넣어 줄테니, 대신 경매는 그곳에서 했으면 좋겠다고 합니다. 아무래도 VIP 관리나 케어를 하기에는 전문 경매장에서 진행하는 편이 더 좋을 테니까요.]

"그럼, 경매장 수수료는 어떻게 되는 겁니까?"

[본래대로라면 낙찰 금액의 10% 정도는 경매장에서 수수료로 가져가게 됩니다. 하지만 이번과 같은 경우에는 저희가 부탁을 하는 입장은 아니다 보니 통상적인 수수료보다는 낮을 겁니다.]

이리저리 돈을 사용할 곳이 많은 시점이었기 때문에 건륭제의 검을 빨리 처분할 필요가 있었다.

"알겠습니다. 다른 특이사항이 없으면, 그렇게 하죠. 날짜를 잡아 주시면, 저랑 정 교수님이 직접 대한 경매장이란 곳으로 방문하는 것이 좋을 것 같네요."

[알겠습니다. 그럼, 날짜가 잡히면 다시 연락드리겠습니다.]

통화를 끝내자 건너편 방에서 아버지 목소리가 들려 왔다.

"정훈아! 밥 다 됐다. 건너오려무나."

"네, 지금 갈게요."

건넛방으로 넘어가니 작은 식탁 위를 꽉 채운 한 상이 차려져 있었다.

호박과 감자가 잔뜩 들어간 된장찌개와 매콤한 냄새를 내는 제육볶음.

그 옆에는 멸치 볶음과 총각김치, 콩자반과 양념 깻잎은 물론 갓 부쳐낸 호박전이 식탁에 빈 곳이 없도록 **빼곡히** 채우고 있었다.

"잔칫날도 아니고. 뭘 이렇게 많이 차리셨어요?"

"많이 차리긴. 그냥 냉장고에 있는 것만 꺼냈는데."

"잘 먹겠습니다."

"많이 먹어라."

숟가락으로 밥을 듬뿍 뜨고는 그 위에 두툼한 돼지고기를 올려 입에 넣었다.

매콤하고 달콤한 맛이 입안 전체로 춤을 추듯 퍼져 나갔다.

뿐만 아니라 돼지고기 비계가 지닌 특유의 고소한 맛이 씹으면 씹을수록 입안 가득 퍼지며 침샘을 더욱 자극했다.

꿀꺽―

"……농담이 아니라 이거 엄청 맛있는데요."

'아버지 요리 솜씨가 이렇게 뛰어났던가?' 라는 생각이 들 정도로 깜짝 놀랄 맛이었다.

"배가 많이 고팠나 보구나."

"그게 아니라 진짜 맛있어요. 그동안 어디 요리 학원이라도 다니셨어요?"

"녀석도 참."

아버지가 멋쩍은 듯 미소를 지었다.

그 모습을 바로 보다가 조심스레 입을 열었다.

"저기 아버지."

"응?"

"지금 살고 있는 집 불편하지 않으세요?"

"불편은 무슨. 보일러 잘 돌아가고 물도 잘 나오는데."

"그래도 오래된 집이잖아요."

증평의 집은 지어진 지 30년이 넘어가는 오래된 집이었다.

그나마 전에 살던 주인이 수도와 보일러를 꾸준히 관리하고 수리를 해서 문제가 없는 것이지, 그렇지 않았다면 진즉 이런저런 말썽으로 매일같이 속을 썩였을 것이다.

"너 가끔 이렇게 내려오고 혼자 지내기에는 적당하니까. 이 아버지 걱정은 하지 않아도 된다."

"그러지 말고 이번 기회에 이사를 가는 건 어떠세요?"

"이사?"

"네, 저랑 서울로 같이 가요."

"서울 집값이 얼마인데. 그리고 이 아버지가 서울 가서 할 일이 뭐가 있겠니?"

"집은 제가 구해드릴게요. 그리고 예전처럼 슈퍼라도 하시면 되잖아요."

"집을 구해? 네가 무슨 돈이 있어서?"

아버지가 손에 들고 있던 숟가락을 내려놓으며, 의심 어린 눈초리로 쳐다봤다.

이제부터가 중요하다.

아버지를 움직이기 위해서는 진실 같은 거짓을 핑계거리로 내놓아야 했다.

"그게 그러니까요……."

우연한 기회에 법 쪽으로 곤란한 일이 생긴 분을 도와주게 됐고, 그 답례로 큰돈을 받게 됐으며, 아는 사람의 추천으로 주식에 투자했다가 더 많은 돈을 벌게 됐다는 얘기였다.

얘기를 모두 들은 아버지가 인상을 찌푸리며 소리쳤다.

"이놈아! 어쩌자고 주식 같은 걸 했어! 그러다 큰일 나면 어쩌려고."

"……경험 삼아 한번 해 본 거예요."

"후우, 그래서 얼마나 벌었기에 이사에 슈퍼까지 얘기하는 거냐?"

"10억 정도요."

본래는 안 집사에게 집 문제를 부탁하려고 했지만, 생각이 바뀌었다.

무슨 일이 생길 때마다 하나둘씩 계속해서 부탁하고 의지하는 순간 홀로서기는 제대로 이뤄지지 않을 것이다.

그렇기 때문에 이번에 집을 구하면서 들어가는 비용은 건륭제의 검을 경매에서 처분하는 비용으로 해결할 생각이었다.

또한, 10억이라고 말을 한 이유는 너무 큰 액수를 말할 경우 아버지가 충격을 넘어 걱정을 하실 수도 있기 때문이었다.

"1, 10억?"

입을 벌리며 놀라는 아버지를 향해 재빨리 말을 이었다.

"운이 좋았어요. 주식이 그렇게까지 오를지는 저도 몰랐거든요."

"대체 도와준 사람한테 답례로 얼마를 받았기에?"

머릿속에서 숫자가 빠르게 오고 갔다.

적지도, 그렇다고 너무 많지도 않은 액수를 말해야 한다.

"3, 3천 정도요."

"3천만 원?"

"네, 그 정도는 되는 일이었거든요."

"혹시 위험하거나 그런 일은 아니었지?"

"걱정 마세요. 그리고 아버지, 완전히 결과가 나오면 말씀드리려고 했는데, 저 이번에 2차도 합격했어요."

사법 고시 2차 시험을 합격했다고 말하는 순간, 아버지의 얼굴이 눈에 띄게 밝아졌다.

"저, 정말이냐?"

"네, 아버지."

"잘했다! 아니, 정말 수고했다! 그 어려운 시험을……."

순간적으로 아버지의 눈시울이 붉게 달아올랐다.

그 모습을 보고 있자니 나 역시 가슴 한곳이 찡해졌다.

그렇게 잠시 흐뭇한 얼굴로 나를 바라보던 아버지가 헛기침을 내뱉으며, 손가락으로 눈물을 훔치셨다.

"······크흠. 제, 제육볶음을 너무 맵게 했나 보구나."

"딱 좋은데요?"

"흠흠, 그나저나 3천만 원이라니. 그만한 돈을 줄 정도였으면, 큰일을 도와줬나 보구나. 그리고 주식으로 큰돈을 벌었다는 사람들을 TV에서 보기는 했지만, 우리 아들이 그런 사람이 될 줄은 몰랐고. 허허, 이 아버지가 평생을 일해도 그만한 돈은 보지도 못했는데······."

10억.

지금의 내게는 어찌 보면 큰돈이 아닐 수도 있다.

하지만 일반적인 기준으로 볼 때, 10억은 절대 적은 돈이 아니었다.

평생 당첨될까 말까 한 로또 1등의 상금이 10억이다.

무려 800만 분의 1의 확률로 당첨됐을 경우에 말이다.

또 1년에 3천만 원씩, 30년 이상을 꼬박꼬박 적금을 들어야 모을 수 있는 돈이 10억이다.

누군가에게는 고작일 수 있지만, 또 다른 누군가에게는 평생을 일해도 벌 수 없는 돈이 바로 10억이라는 액수였다.

"10억이면 아버지랑 저랑 살 집을 구하고 슈퍼 정도는 차릴 수 있을 거예요. 그러니 다시 서울로 올라가요."

"으음."

"혹시 다른 문제라도 있으신 거예요?"

선뜻 결정을 내리시지 못하는 아버지의 태도에 조심스럽게 물었다.

"이곳을 정리하고 올라가면, 어르신들이 걱정이구나. 몇몇 마을은 워낙 산골이라서 내가 가지 않으면 슈퍼에 가는 데만 해도 한 시간씩 걸리는 곳도 있어서."

요즘 같은 세상에 아직 그런 곳이 있다니, 놀라움 따름이었다.

하지만 이왕 아버지를 설득하기로 한 이상 여기에서 멈출 수는 없었다.

"정 그러시면, 가끔 가게를 쉬시고 가보시면 되잖아요? 참, 사법 연수원에 들어가면 달마다 월급도 나온대요. 그러니 예전처럼 무리하면서 일하지 않으셔도 돼요. 제 걱정은 접어두시고, 이제 아버지 하시고 싶은 거 하시면서 편히 사세요."

아버지가 피식 웃으며 접시에서 큼지막한 고기를 젓가락으로 집어 내 밥그릇에 올려놓아 주셨다.

"녀석, 바짝 벌어야 네 장가 밑천을 마련할 거 아니냐? 그리고 이 아버지 아직 안 늙었으니, 그런 소리 말려무나."

"아버지……."

"그리고 서울은 네 뜻대로 하려무나."

"정말이시죠?"

"대신 가게는 슈퍼 말고 학교 근처로 분식집 자리나 알아보고."

"네? 분식집이요?"

아버지의 요리 솜씨는 나쁘지는 않다.

그러나 상업적으로 봤을 때 엄청 맛있다고 할 정도는 아니었다.

그 사실을 아버지 본인이 모르실 리 없었다.

그런데 갑자기 분식점이라니?

의아함과 궁금증이 치밀어 오를 무렵 아버지가 말했다.

"살아생전 네 엄마 소원이었다. 자기 이름으로 된 분식점 갖는 게."

"……분식집이 엄마 소원이었다고요?"

"그래. 그런데 이 아버지 고집 때문에 분식집이 아니라 슈퍼를 했단다. 그때는 남자가 분식집을 한다는 게 좀 그랬거든. 사실 지금 생각해보면, 아무것도 아니었는데 말이다."

생전 처음 듣는 말.

그리고 단 한 번도 관심을 둔 적이 없던 사실이었다.

하지만 아버지의 얘기를 듣는 순간 가슴 한곳이 짠해졌다.

"엄마가 그런 소원을 갖고 계셨을 줄은 몰랐어요."

"이 아버지도 이제야 생각이 나는구나. 그래서 그런데 분식집 차려줄 수 있겠니?"

"물론이죠. 엄마 이름이랑 아버지 이름 따서 아주 멋진 분식집 차려드릴게요."

돈을 벌지 못하고 적자가 나도 상관없다.

지금 이 순간 내 머릿속에 떠오른 분식집은 세상에서 제일 깔끔하고 안전한 그런 곳이다.

"그래, 고맙다. 자, 국 식겠다. 그만하고 어서 먹자꾸나."

입가에 미소를 짓는 아버지를 보니, 나 역시 입가에 절로 웃음이 생겼다.

아무래도 증평에 오기를 잘한 것 같다.

"으악!"

새벽 무렵.

귓가에 들리는 비명 소리에 정신이 번쩍 들었다.

혹시 하는 생각과 함께 불길한 감정이 치솟았다.

벌컥!

급히 이불을 박차고 일어나서 안방으로 달려가니, 곤히 자고 있는 아버지의 모습이 보였다.

그제야 순간적으로 턱밑까지 차올랐던 가쁜 숨이 토해져 나왔다.

"후우."

동시에 의문이 치솟아 올랐다.

휴대폰으로 확인한 시간은 새벽 두 시였다.

평범한 사람이라면, 모두 잠을 자고 있을 시간이었다.

그런데 갑자기 비명이라니?

그것도 남자의 것으로 추정되는 비명이었다.

끼익─

급히 대문을 열고 나가보니, 땅바닥에 엎어져 있는 사내가 보였다.

그런데 사내의 얼굴이 상당히 눈에 익었다.

"……!"

걸음을 옮겨 어둠 속에서 사내의 얼굴을 확인한 순간 가슴속에서 한 줄기 불길이 치솟아 올랐다.

바닥에 엎어져 있는 사내는 다름 아닌 윤철환 경위였다.

"아, 이건 별것 아닙니다. 친구가 너무 취해서요."

"시끄럽게 해서 죄송합니다."

윤철환 경위를 제압하고 있는 이들은 아버지의 안전을 위해 고용한 경호원들이었다.

그들은 고용주인 안 집사와 내가 관계가 있음을 알지 못한다.

그렇기 때문에 바로 코앞에서 윤철환 경위를 제압해 놓고도 지금과 같은 말을 하는 것이다.

"후우."

머리가 지끈거리며, 아파왔다.

"친구는 저희가 챙겨서 가도록 하겠습니다. 집 앞에서 소란 피워 죄송합니다."

윤철환 경위를 제압하고 있는 경호원.

그중에서 좀 더 나이가 들어 보이는 스포츠머리 스타일의 남성이 웃으며 말했다.

"됐습니다."

"네?"

"그 사람 그냥 두시고 경호원들께서는 잠깐 물러나 주세요."

경호원이란 단어가 흘러나오자, 두 사람이 놀라며 서로의 얼굴을 쳐다봤다.

그들을 향해 다시 입을 열었다.

"정말 괜찮으니까, 일단은 물러나세요. 제가 누구인지는 아시지 않습니까?"

"……."

"이 밤에 제가 고용주에게 전화라도 해야 할까요?"

잠시 고민하던 나이든 남성이 고개를 끄덕였다.

"……일단 물러나자."

"하지만 선…… 알겠습니다."

두 사람은 윤철환을 경위의 결박을 풀고는 천천히 뒷걸음질로 물러났다.

그렇다고 두 사람이 아예 시야에서 보이지 않는 곳으로 사라진 것은 아니다.

말 그대로 적정 거리.

혹시 윤철환 경위가 도주할 수 있는 방향을 사전에 차단하는 식으로 두 사람은 거리를 벌렸다.

'확실히 프로는 프로네.'

그들의 모습을 보니 박 팀장, 박무봉의 접근을 막지 못했던 일로 인해 화가 났던 마음이 많이 사라졌다.

애초에 이들의 실력이 떨어졌던 게 아니다.

접근했던 박무봉의 실력이 탁월했던 것이다.

"헉헉⋯⋯."

결박에서 풀려난 윤철환 경위가 날 죽일 듯 노려봤다.

핏물 섞인 침을 내뱉으면, 그가 몸을 일으켜 세웠다.

"경위님, 오랜만이네요? 그런데 이 시간에 여기는 어쩐 일이십니까? 새벽에 이렇게 찾아 올 정도로 저희가 가까운 사이는 아닐 텐데요?"

"뭐! 아까 그 새끼들 뭐야? 씨발 새끼들. 감히 경찰을 때려? 내가 당장⋯⋯ 컥!"

퍽!

말을 잇던 윤철환 경위의 허리가 새우처럼 굽어짐과 동시에 비명이 흘러나왔다.

동시에 난 내질렀던 주먹을 거둬들였다.

"물었잖아. 이 시간에 당신이 왜 여기 있는 거냐고."

나는 악인은 아니지만, 그렇다고 결코 선인도 아니다.

당연히 아버지를 죽게 만들 뻔했던 놈과 한패인 윤철환 경위를 신사처럼 대해주고 싶은 마음은 추호도 없었다.

"허억…… 허억…… 너 이 새끼! 감히 경찰을 때려?"

"그럼, 경찰이 사고 친 놈 대신해서 돈 받고 증거 은폐해 준 건? 난 그런 사람을 경찰이라고 생각하지 않는데? 당신은 그런 짓을 하고도 스스로 경찰이라고 생각하나 보지?"

윤철환 경위가 두 눈을 부릅떴다.

"그, 그걸 어떻게? 역시 네놈이었구나! 후보님 말대로 네놈이 황교상에게 그 자료를 보낸 거였어!"

"자료? 무슨 자료?"

"녹취록! 네놈이 그걸 어떻게 구했는지는 몰라도 감히 그런 짓을 하고도 무사…… 컥!"

또 다시 흘러나오는 신음 소리.

그와 함께 윤철환 경위의 무릎이 꿇려졌다.

털썩-

"후우……."

마음을 가라앉히기 위해 가슴속 깊은 곳에서부터 숨을 끌어올려 내뱉었다.

마음 같아서는 있는 힘껏 주먹을 날리고 싶지만, 그래서는 곤란하다.

그랬다가는 주먹질 한 번에 윤철환 경위가 저승행 급행 열차를 탈 수도 있다.

　"일단 이 시간에 왜 여기까지 왔는지 얘기를 듣고 싶은데."

　"개, 개자식…… 커헉!"

　퍽!

　최대한 힘을 빼고 때리는 건 쉽지 않다.

　그리고 한 가지 어려운 게 또 하나 있다.

　"오지 마세요. 그쪽 분들이 신경 쓸 일이 아닙니다."

　순간 움찔거리는 두 명의 경호원.

　감정이 격해진 상태에서는 그들 역시 신경이 쓰였다.

　'아쉽네. 은폐와 관련해서 적당한 스킬이나 능력이 있었으면 좋았을 텐데.'

　아쉬움을 뒤로하고 다시 시선을 윤철환 경위에게 두었다.

　"얘기를 들으려면, 몇 대를 때려야 할까?"

　"나, 나 경찰이야!"

　"네, 경찰이죠. 국회의원 후보한테 돈 받은 경찰. 각종 비리를 눈감아준 경찰. 그리고 민중을 지키는 게 아니라 물어뜯은 경찰. 또 있을까?"

　부르르-

　차츰 시선을 내리 깔은 윤철환 경위를 향해 말을 이었다.

"부끄럽지도 않나? 겉으로는 피해자 가족을 챙겨주는 척하면서 뒤로는 돈도 모자라 술이랑 여자까지 접대를 받고. 뭐? 세상이 다 그런 거니까 이해하라고? 세상이 다 그래서 경찰인 그쪽도 그렇게 굴었나?"

"대, 대체 어떻게……."

윤철환 경위가 떨리는 목소리로 물었다.

그 질문에 난 그저 피식 웃음을 흘리고 주먹을 들어 올렸다.

퍽!

"끄악!"

"머리가 나쁜 건가? 지금 내가 그쪽한테 질문을 받을 입장이라고 생각해?"

다시 주먹을 들어 올리자 윤철환 경위가 반사적으로 몸을 떤다. 하지만 눈동자에는 여전히 날 죽일 듯 독기가 서려 있었다.

"위선자!"

짝!

그대로 그의 볼을 내리치자 핏물이 사방으로 튀었다.

사람을 때리는 것에 대한 거부감?

지금의 내게 그런 게 있을 리 만무했다.

육체는 다르다고 해도 정신은 나인 상태에서 사람까지 죽였다. 그런데 고작 사람을 패는 것을 망설일까?

그것도 복수의 대상을 눈앞에 두고?

스윽—

다시 손을 들어 올리자 윤철환 경위가 재빨리 입을 열었다.

"왜, 왜?"

"말 안 했잖아. 이 시간에 여기 왜 왔냐니까?"

"후보님이 시켜서! 후보님이 시켜서 왔다. 내가 오고 싶어서 온 게 아니야!"

윤철환 경위가 재빨리 말했다.

하지만 그의 몸에서 피어오르는 것은 붉은 기운이었다.

'아쉽네. 그때에도 이 스킬이 있었다면 좋았을 텐데.'

동시에 치켜들었던 손을 그대로 휘둘렀다.

짝!

"끄악!"

또 한 번 터지는 신음.

눈살을 찌푸리며 말했다.

"경고하는데 거짓말을 해도 맞고 지금부터는 소리를 질러도 맞을 거야. 신고? 물론 해도 좋아. 그런데 신고를 하기 전에 당신이 오늘 이 자리에서 죽을 수도 있다는 걸 명심하는 게 좋을 거야."

동시에 내 몸에서 저절로 위압적인 기운이 피어오르며, 윤철환 경위를 잠식해서 들어갔다.

[스킬 패기가 발동합니다.]

〈패기〉

고유: Passive

등급: A+

설명: 어떤 어려운 일이라도 이겨내는 강인하고 굳센 힘과 정신입니다.

수많은 암살 위협과 불행에도 불구하고 포기하지 않고 주변과 스스로를 이겨내어 끝내 왕좌에 오른 이산의 고유 특기입니다.

효과: 자신이 지닌 기운으로 상대를 일시적 무력화 상태에 빠트립니다. 기운의 차이에 따라서 무력화 상태의 차이가 달라집니다. 단, 자신보다 강한 기운과 의지를 지닌 상대에게는 통하지 않습니다.

"으으……."

입술이 터진 윤철환 경위의 눈동자가 흔들린다.

패기에 잠식당하면서 분노와 죄책감, 황당함 등으로 감정이 격해진 것이다.

또한, 그는 판단하고 싶을 것이다. 지금 내가 하는 말이 단순한 허세인지, 아니면 진실인지 말이다.

"자, 그럼 다시 묻지. 이 시간에 여긴 왜 왔을까?"

"······."

"아직 부족한가 보네."

스윽—

"야, 양 후보가 날 의심하고 있어. 내가 그날 있었던 녹취 파일을 황 후보에게 넘겼다고."

후보님에서 후보로 호칭이 내려갔다.

"그래서?"

"내가 아니라는 증거를 찾아서 결백을 증명하려고······."

"우리가 했다는 증거도 없을 텐데?"

"······."

윤철환 경위는 우물쭈물하며 제대로 대답을 하지 못했다.

그 모습을 보니 그가 무슨 생각으로 여기를 찾아왔는지를 알 것 같았다.

"표정을 보니 억지로 그렇게 만들려고 했나 보네. 음, 협박이라도 하려고 했던 건가?"

애써 가라앉혔던 감정이 또 다시 뒤틀리려고 한다.

"아, 아니야. 오늘은 그냥 상황만 살피려고 왔어. 그런데 갑자기 저 녀석들이 나타나서······."

힐끗 시선을 돌린 윤철환 경위가 경호원들을 쳐다봤다.

몸을 숙여 그런 윤철환 경위와 시선을 맞췄다.

"이봐요. 윤철환 경위님. 당신이 지금 양송찬에게 충신 노릇이나 하고 있을 때가 아니라는 생각은 안 드나?"

"뭐?"

"어찌 됐든 그 녹취록으로 인해 양송찬이 선거에서 떨어지면, 당신을 과연 그대로 둘까?"

"아니야! 난 녹음만 했지 파일을 넘기지는 않았다고!"

고개를 흔들며 말했다.

"그게 뭐가 중요해? 중요한 건 결과지. 나라면, 절대 내 뒤통수치려고 한 사람을 그냥 둘 것 같지는 않은데? 게다가 그 상대가 먼지가 가득한 사람이라면 더욱더 말이야."

"날 건들면 양송찬도 무사하지 못해!"

틀린 말은 아니다. 개싸움이 시작되면, 둘 다 흙탕물에 몸을 담굴 수밖에 없다.

하지만 윤철환 경위가 미처 생각하지 못한 게 있다.

"당신은 돈이 없잖아."

"돈?"

"형법 제129조. 공무원 또는 중재인이 그 직무에 관하여 뇌물을 수수, 요구 또는 약속한 때에는 징역 또는 10년 이하의 자격정지에 처한다. 여기에 범인과 증거 은폐 죄도 있고 또 과거에는 불법 도박장과 유흥주점 운영까지. 경찰 치고는 경력이 너무 화려한 거 아닌가? 이 정도라면, 최소 변호사로 고검장 출신은 붙어야 될 것 같은데. 그 정도 돈 있어?"

딸꾹-

윤철환 경위가 딸꾹질을 토했다.

아마 양송찬도 윤철환 경위가 과거에 불법 도박장과 유흥주점을 운영했다는 사실은 모를 것이다.

그만큼 이 사실은 아주 은밀하게 숨겨져 있던 윤철환 경위의 치부 중 하나였다.

"그런데 당신과는 반대로 양송찬은 설령 살인보다 더한 죄를 저질렀어도 대형 로펌의 변호사를 잔뜩 붙여서 빠져나갈걸? 그 인간, 이번 선거에서 떨어져도 아직 그만한 돈과 인맥이 있다는 거 당신이 제일 잘 알고 있잖아? 그런데 상황이 그 지경까지 오면, 그 사람이 당신을 지켜줄려나 모르겠네. 오히려 자기가 저지른 죄까지 누군가한테 떠넘길 인간일 것 같은데."

"우, 웃기지마! 나를 건들면 같이 죽자는 건데. 아무리 내가 녹취한 내용 때문에 선거에서 떨어졌다고 해도 그런 짓을 벌일 리가 없어! 서, 선거는 다음에도 있다고!"

이렇게 보면 윤철환 경위도 참 멍청한 사람인 것 같다.

그게 아니라면, 내 머릿속에 있는 정착자들이 참으로 험난한 삶을 살아온 것일 거다.

"다음을 운운할 정도로 양송찬 그 사람이 참을성이 그렇게 좋아 보이는 것 같진 않던데? 그리고 당신도 잘 알 거야. 이 더러운 세상은 죽더라도 돈 있는 놈과 없는 놈이 대우받는 게 다르지. 혹시라도 일이 잘못될 경우 징역 살고 나온 그 인간이 당신을 가만둘 것 같아? 모르긴 몰라도 당신이 나올 때쯤이면, 그 사람 옆에는 당신 같은 인간이 또 한 명 있을 텐데. 음, 그 사람이 무슨 짓을 할지는 당신이 많이 해봤으니까 잘 알겠지?"

윤철환 경위의 눈동자가 시꺼멓게 죽어갔다.

상상을 하기 싫어도 대놓고 이와 같은 말을 들으면, 미래가 상상될 수밖에 없다.

그리고 미래를 상상하면, 지금 내가 하는 말이 진실이라는 것을 본인이 가장 잘 알 것이다.

"나는…… 나는 그냥 시키는 대로 한 죄밖에 없어."

범죄 영화에서 가장 흔하게 나오는 대사 중의 한마디가 바로 지금의 소리였다.

"뭐, 그럼 계속 시키는 대로 살라고. 그러다가 언젠가 받게 되겠지. 죗값 말이야."

스윽―

몸을 일으켜 세우자 화들짝 놀란 윤철환 경위가 바짓가랑이를 붙잡았다.

"왜?"

"그, 그게…….."

윤철환 경위는 바보가 아니다.

한밤중에도 집을 지키는 경호원, 사건의 기록이 담긴 녹취 파일에 대해서 알고 있는 상황, 그리고 그 모든 걸 대놓고 말하고도 아무렇지도 않은 담담한 태도.

이 모든 걸 보고도 평범하다고 생각하면, 그 사람은 세상에서 제일 어리석은 사람일 것이다.

"아, 앞으로 어떻게 하려고? 경찰에 신고할 생각인가?"

"기다려보면 알게 될 거야. 어떤 식으로 죗값을 받게 되는지."

쿵!

말이 끝나기 무섭게 윤철환 경위가 머리를 땅바닥에 그대로 박았다.

"죄송합니다! 잘못했습니다. 한 번만…… 한 번만 용서해주십쇼."

그리고 이건 솔직히 의외였다.

이렇게 단번에 용서를 구한다?

지금까지 저지른 짓을 보면 고작 이 정도로 용서를 구할 인간이 아니었다.

'이것도 패기의 영향인가?'

그나마 가능성이 있는 건 패시브로 발동한 패기의 효과였다.

윤철환 경위가 땅바닥에 머리를 박은 채로 말을 이었다.

"……사, 사실 저희 쪽 캠프는 이번 선거에서 이미 졌다고 생각하는 분위기입니다. 그리고 양송찬은 이 모든 원인이 저 때문이라고 생각하고 있습니다. 말은 하고 있지 않지만, 어떻게든 저를 치워 버리려고 기회만 보고 있다는 걸 느끼고 있었습니다. 하, 하지만 이번 일은 정말 제가 저지른 게 아닙니다! 그래서…… 그래서…… 이번 일과 관련된 사람을 잡아다가…… 죄송합니다! 정말 죽을죄를 지었습니다."

양송찬이 이미 의심을 하고 있는 상황이라면, 윤철환 경위의 지금과 같은 반응도 이해할 수가 있었다.

하지만 이해할 수 있는 것과 용납할 수 있는 것은 다른 얘기였다.

퍽!

"크악!"

얼굴을 가격당한 윤철환 경위가 옆으로 쓰러진다.

하지만 고통에도 불구하고 그는 오뚜기처럼 바로 몸을 일으켜 세웠다.

"경위님, 돌아가세요. 가서 폭행죄로 신고를 하든 마음 대로 하세요. 뭐, 그렇게 하시면 경찰서에 간 김에 저도 신고를 하면 될 테니까."

어투 또한 존댓말로 바꿨다.

"아닙니다! 신고 안 하겠습니다! 그러니 제발 살려주십 쇼."

"제가 경위님을 어떻게 살립니까? 그리고 설마 양송찬이 경위님을 죽이기야 하겠습니까?"

죽이겠느냐는 말에 윤철환 경위의 얼굴이 새하얗게 질렸다.

"살려 주십쇼!"

"저는 살릴 능력이 없습니다."

"아닙니다! 있으십니다. 분명 있습니다!"

"있다고 해도 제가 경위님을 왜 살립니까? 막말로 양송찬이랑 짜서 저희 아버지 그렇게 만든 분이신데."

"그, 그건……."

본인도 본인이 저지른 짓을 아니 할 말이 궁해진 윤철환 경위가 입을 다물었다.

"하지만 방법이 아예 없는 건 아니죠."

윤철환 경위의 눈이 번뜩였다.

"마, 말씀하십쇼. 뭐든지 하겠습니다!"

"근데 이게 아주 어려운 일인데."

"어려운 일이 바로 제 전문입니다!"

"그럼, 양송찬이 우리 아버지한테 무릎 꿇고 그때 일 사과하도록 하게 하세요."

윤철환 경위의 얼굴이 하얗게 질리다 못해 파랗게 변했다.

"그럼, 혹시라도 양송찬이 경위님을 물어뜯을 경우 확실하게 카운터를 치는 것도 모자라서 끝장날 수 있는 자료를 드리도록 하죠. 아마 그 자료라면, 이번 기회에 양송찬과의 관계도 깔끔하게 털어 버릴 수 있을 겁니다. 어떠세요?"

"……."

윤철환 경위의 눈이 빠르게 움직인다.

굳이 얘기를 듣지 않아도 머릿속으로 빠르게 저울질을 하는 것이다.

"참! 이거 상처가 많이 아플 텐데. 보기 안쓰럽네요. 잠시만."

남들이 보기에 지금의 나는 그저 평범한 옷차림이지만, 여기에는 한 가지 비밀이 있다.

〈타임 포켓〉

내구도: 100/100

설명: 여행을 떠나는 여행자에게 꼭 필요한 상품입니다.

현세와 여행한 곳의 물건을 포켓에 담아 자유롭게 가지고 다닐 수 있습니다.

물건을 포켓에 담을 때는 그 가치만큼 1회에 한해서 TP를 소모합니다. 단, 정산의 방에서 구매한 물건은 TP가 소모되지 않습니다.

주의 사항: 해당 물건은 여행자를 제외하고는 보이지 않는 상품입니다.

포켓이 파손되면 안에 담긴 물건 역시 망가질 수 있습니다.

타임 포켓을 향해 손을 뻗어 그곳에 보관되어 있는 급속 치료 알약을 꺼냈다.

〈급속 치료 알약〉
종류: 소모성
횟수: 0/1
설명: 30초에 걸쳐 자신의 외상과 내상을 빠르게 치료합니다. 단, 잘려진 신체 부위는 재생되지 않습니다.
사용 방법: 적당한 물과 함께 알약을 섭취합니다.
주의 사항: 해당 상품은 소모성으로, 횟수를 모두 사용하면, 자동 소멸됩니다.
이미 목숨이 끊어진 상태에서는 해당 제품의 효과가 발동되지 않습니다.

'이런 식으로 사용하게 될 줄은 몰랐네. 하지만 기회가 온 이상 확실하게 가야지.'

사실 윤철환 경위에게 쓰기는 아깝지만, 그에게 지금 눈앞에 있는 내가 평범하지 않음을 철저하게 각인시켜야 한다.

그래야지 다른 생각을 하지 않고 내가 원하는 목적이 이뤄질 때까지 충견이 되어 일할 테니까.

"이걸 드세요."

"그, 그게…… 뭐, 됩니까?"

"독약 같은 건 아니니까 걱정 말고요. 진통제라고 생각하면 편할 겁니다."

눈치를 보던 윤철환 경위가 이내 알약을 받더니, 눈을 질끈 감고 알약을 삼켰다.

꿀꺽-

"……어?"

알약을 삼킨 윤철환 경위의 입에서 놀람 섞인 탄성이 흘러나왔다.

'효과 하나는 끝내준다니까.'

조금 전 폭력으로 인해 윤철환 경위의 찢어진 입술이 빠르게 아물고 있었다.

본인도 그걸 자각했는지 자신의 입술을 손가락으로 매만지며 말했다.

"이, 이게 대체……."

"효과 좋은 치료제라고 생각하면 됩니다."

"……."

윤철환 경위가 멍한 눈으로 날 쳐다봤다.

아마 모르긴 몰라도 이런 생각을 하고 있을 것이다.

이 녀석 대체 뭘까?

씩-

그런 그를 향해 미소를 짓고 말했다.

"어때요? 그 인간 우리 아버지 앞으로 데려와서 무릎 꿇릴 수 있겠습니까?"

오늘 밤.
나는 오물이 잔뜩 묻은 채 버림받은, 인간을 물어뜯을 사냥개 한 마리를 얻게 됐다.

TIME
ROULETTE
타임룰렛

Chapter 107. 살아남기 위해서

한 주의 중간을 지난 수요일.

분주했던 일과를 마친 사람들이 각자의 곳으로 돌아가 시간을 보내기에 여념이 없다.

자녀를 안아 들고 한껏 미소를 지어 보이는 맞벌이 부부.

연인과 데이트를 즐기는 커플.

부장과 독대로 술을 마시며 애써 괜찮은 척하는 사원.

한가로운 일상이 펼쳐지고 있는 그 시각.

지상파 3사의 방송사들과 지역 방송사, 각 신문사들은 일제히 제20대 국회의원 선거에 대한 진행 상황을 앞다투어 보도하기 시작했다.

보좌관을 비롯한 지지자들과 더불어 선거 캠프에 마련된 좌석에 앉아 조마조마한 심정으로 TV 화면에 집중하는 국회의원 선거 출마 후보들.

연이어 발표되는 수치에 따라 각자의 표정에 희비가 엇갈린다.

오늘 결과에 따라서 가슴 언저리에 찬란한 금빛 배지를 달 수도 있고, 다시 4년이란 세월을 기다려야 할 수도 있기 때문이었다.

청주의 국회의원 후보로 출마한 기호 1번 양송찬 역시 마찬가지였다.

"후보님, 아니 의원님! 미리 축하드리겠습니다."

"어차피 정해진 결과이지 않습니까? 후보님이 국회의원이 되지 않으면, 이 청주 땅에서 그 누가 감히 배지를 달겠습니까? TV는 그냥 마음 편히 보시면 됩니다."

"이거 여기서 의미 없이 시간을 죽이고 있을 게 아니라, 미리 가서 축하 파티를 하고 있어야 하는 거 아닙니까? 어이, 김 비서! 당장 가서 식당 좀 알아봐!"

개표 초반 조금의 표 차이로 앞서나가는 상황에, 의자에 앉아 TV를 시청하던 지지자들이 양송찬의 눈치를 보며 한마디씩 했다.

그러나 낙관적이었던 상황은 채 오래 가지 않았다.

그들의 얼굴엔 금세 그늘이 드리워졌고, TV를 바라보는 양송찬의 표정 역시 썩 좋지 못했다.

아니, 좋지 못한 게 아니라 썩어 문드러지고 있다는 말이 맞을 것이다.

이미 득표 1위인 황교상과 2위인 양송찬의 표 차이는 두 배 이상 벌어져 있었다.

더욱이 지금은 개표 방송이 서서히 마무리 되가는 시각이었다.

시끄럽게 떠들던 지지자들이 슬그머니 자리에 앉아서 양송찬의 눈치를 살폈다.

"아, 아직 시간이 많이 남았습니다."

개표 종료까지는 이제 한 시간도 채 남아 있지 않았다.

"그럼요! 원래 개표 방송이란 게 다 그렇지 않습니까? 원래 2위나 3위 하던 사람이 끝날 때가 되면 1위를 하는 법입니다."

지금까지 국회의원 선거 중에서 막판에 두 배 이상의 표 차이를 뒤집은 전례는 없었다.

"저, 저거 조작된 거 아닙니까? 아니, 어떻게 황교상이 우리 후보님보다 더 많은 표를 받는단 말입니까? 이건 명백히 조작입니다! 조작!"

서울도 아니고 광역시도 아닌 청주의 국회의원을 뽑는 일을 가지고 조작할 사람은 없었다.

그리고 그렇게 1시간이 지났을 무렵, 아나운서의 담담한 목소리가 TV의 스피커를 타고 선거 캠프에 울려 퍼졌다.

[……황교상 후보가 2만 7천표로 9천표인 양송찬 후보를 압도하며 제20대 청주 양평구 국회의원으로 선출되었습니다.]

순간 찾아온 정적.

양송찬의 선거 캠프는 정적에 빠져들었다.

뒤쪽에서 TV를 보던 지지자들 중에는 슬그머니 캠프를 빠져나가는 사람도 있었다.

두 배도 아닌 무려 세 배에 가까운 차이였다.

황교상의 압승.

양송찬의 완패라고 할 정도로 처참한 결과였다.

"후, 후보님……"

"이, 이번에는 그냥 운이 나빴다고 생각하시죠."

"다음! 다음에는 분명 후보님께서……."

곁에 남아 있던 지지자들이 양송찬에게 위로의 말을 건네려던 찰나였다.

벌떡-

자리에서 일어난 양송찬이 자신의 앞에 놓인 테이블을 그대로 발로 걷어차 버렸다.

와장창!

"으아아! 이런 씨발! 씨발! 으아아!"

분노에 가득 찬 목소리.

위로를 건네려던 지지자들이 일제히 몸을 떨었다.

그들은 양송찬이 얼마나 지랄 같은 성격을 가지고 있는지 누구보다 잘 알고 있었다.

그렇기 때문에 곁에 남아 있던 지지자들은 이 순간 그 누구보다 재빠르게 머리를 굴렸다.

이대로 가만히 있다가는 양송찬의 분노가 자신들에게 쏟아질 게 분명했기 때문이다.

'젠장, 이럴 줄 알았으면 황교상을 미는 거였는데.'

'이 인간이 이대로 주저앉지는 않겠지?'

'일단 이번 폭풍은 피하고 보자.'

비록 국회의원 선거에서 떨어졌다고는 하지만 부자는 망해도 3대는 간다고 했다.

고작 한 번의 낙선으로 가세가 흔들릴 만큼 청주에서 양송찬의 기반은 약하지 않았다.

그 말은 아직 그의 곁에서 떨어질 떡고물이 충분하다는 뜻이었다.

양송찬의 옆에 있던 보좌관이 재빨리 걸어와서 고개를 숙였다.

그는 이번 선거 캠프에서 대외 홍보팀장이란 직함을 지녔던 사람이었다.

"이, 이게 다 막판에 후보님을 음해하는 녹음 파일과 자료들이 황교상 쪽에 들어가서 그렇습니다. 그것만 없었다면 지금까지 호의적이었던 유지들과 지역 단체들이 후보님에게 등을 돌리지 않았을 겁니다."

분노를 표출하던 양송찬이 눈을 부라리며 홍보팀장을 쳐다봤다.

"김 팀장, 내가 그런 것들 처리하라고 네놈들한테 따박따박 돈 주는 거 아니었어? 그런데 상황이 다 끝나고 나니까 인제 와서 그걸 변명이라고 내뱉어? 서울대 나왔다고 자랑하더니, 네 잘난 머리로 상황이 이 지경이 될지는 몰랐고? 이 씨발 놈이!"

짝!

오른손을 들어 올린 양송찬이 그대로 홍보팀장의 뺨을 내리쳤다.

고개가 돌아갔던 홍보팀장이 다시 자세를 원위치 했다.

입안이 터졌는지 피가 흘러내리고 있었지만, 홍보팀장은 닦을 생각도 하지 않고 말을 이었다.

"후보님, 제 실수와 잘못은 인정하겠습니다. 하지만 선거는 4년 뒤에도 있습니다. 그때에도 지금처럼 다 이긴 싸움에서 지지 않으려면, 이번 선거에서 잘못된 것들은 모두 다 뿌리 뽑아야 합니다. 후보님 발목을 잡던 건 다 내다 버려야 하고요. 그래야 후보님이 2선, 그리고 3선도 하셔서 더 높은 곳으로 가실 수 있지 않겠습니까?"

홍보팀장의 말이 가슴에 와 닿았던 것일까?

분노로 이글거리던 양송찬의 눈빛이 차츰 제 색을 찾아
갔다.

"잘못된 것들을 뿌리 뽑고 쳐내야 한다고?"

"이길 수 있는 싸움이었습니다. 아니, 이길 수밖에 없는
싸움이었습니다. 그렇지 않았다면 제가 후보님께 오지도
않았을 겁니다."

자신감이 넘치는 어투였다.

양송찬이 홍보팀장을 바라봤다.

"그랬겠지. 너 머리 하나만큼은 좋다고 자신하는 놈이니
까."

홍보팀장이 고개를 끄덕인다.

"네. 그러니까 상황이 이 지경까지 오게 만든 그 자료들.
그것이 누구 손에서 흘러나왔는지, 그리고 무슨 목적으로
그걸 갖고 있었는지도 알아내서 본보기를 보여야 합니다.
그렇지 않으면, 다음 선거에서도 같은 일이 벌어질 수 있습
니다. 오늘과 같은 치욕을 또 다시 느낄 수는 없는 일 아닙
니까?"

"흐음."

잠시 턱을 쓰다듬으며 생각에 잠겼던 양송찬이 이내 주
변을 보며 소리쳤다.

"김 팀장 빼고 다들 나가봐라!"

성난 호령에 선거 캠프에 남아 있던 사람들이 하나둘 몸을

추스르며 밖으로 걸어 나갔다.

스윽—

이윽고 사람들이 모두 나가자, 호주머니에서 손수건을 꺼낸 양송찬이 얼굴에 미소를 띠며 홍보팀장에게 내밀었다.

"아야, 입술에 피부터 닦아라."

"감사합니다."

손수건으로 입술의 피를 닦는 홍보팀장을 보며 양송찬이 말했다.

"……너 윤철환이라고 알지?"

"네. 후보님을 모시는 최측근으로 알고 있습니다."

홍보팀장의 대답에 양송찬이 코웃음을 쳤다.

"최측근은 무슨. 내가 던져 주는 뼈다귀나 주워 먹는 개새끼지. 그놈이 말을 잘 들어서 데리고 있었는데, 요새 시원치 않단 말이야. 하는 행동도 수상하고."

"그 말씀은?"

"흐음. 내가 생각하기에는 아무래도 그놈이 황교상에게 자료를 넘긴 것 같단 말이야. 놈이 아니라면, 알 수 있을 만한 것들이 아니란 말이지."

"하지만 그 사람이 후보님을 모신 기간이 꽤 오래 된 것으로 알고 있습니다. 이 시점에서 굳이 황교상의 편을 들 이유가 있었을까요? 후보님께서 잘되셔야 본인의 목숨도 연명할 수 있다는 걸 모르지 않았을 텐데요."

홍보팀장이 의문을 표하자 양송찬이 고개를 저었다.

"어차피 이번에 국회의원에 당선됐으면, 놈은 치울 생각이었다."

"네?"

"그놈은 예전부터 내 밑에서 더러운 일들을 도맡아 해온 놈이야. 그냥 내버려 뒀으면, 그 오물이 나한테 튀었을 거야. 이제부터 나랏일 해야 하는 사람이 오물을 뒤집어쓸 수는 없는 거 아닌가?"

"그, 그렇긴 하지요."

"그리고 한 가지가 더."

홍보팀장이 눈을 빛내며 물었다.

"그게 뭡니까?"

"원래 이번 일 끝나면, 청주에 땅 좀 떼어 주기로 했는데 말이야. 내 사정이 있어 가지고 그걸 다른 놈에게 줘 버렸지 뭐야. 아마 그것 때문에 놈이 앙심을 품고 이 사단을 낸 것일 게야."

"아!"

양송찬이 손을 흔들며 말을 이었다.

"그 자식은 원래부터 욕심이 덕지덕지 붙은 놈이었으니까. 경찰이란 놈이 비리가 어찌나 많은지. 아무튼 그놈이라면, 그 이유로 나한테 앙심을 품기에는 충분하지. 아니,

분명 그 때문일 게야. 어쩐지 최근에 날 바라보는 눈빛이 심상치 않더니만, 그 개놈의 자식! 지금까지 누구 덕분에 그리 잘 먹고 잘 살았는데!"

"……."

양송찬이 이렇듯 확신에 차서 말하니 홍보팀장으로서는 더 할 말이 있을 수 없었다.

만약 여기서 두둔이라도 한다면, 한패라고 의심을 받기 딱 좋았다.

"그래서 말인데, 김 팀장아. 본보기는 어찌 보일 생각이고?"

"네?"

"본보기 말이야. 윤철환 그 쌍놈의 자식이 내 앞길을 막았으니, 네 말대로 본보기를 보여야 할 것 아니겠나?"

"이런 말씀은 송구스럽지만, 만약 잘못 건드렸을 경우 윤철환이 어떻게 나올지 알 수 없습니다. 만약 후보님께 치명타가 될 만한 자료들을 더 보유하고 있다면, 오히려 후보님께 더 안 좋은 상황으로 흘러갈 수도 있습니다."

"쯧쯧. 이래서 머리만 좋으면 안 된다니까. 사내가 배짱도 있고 용기도 있어야지!"

"네?"

홍보팀장이 눈동자를 굴린다.

지금 시점에서 배짱과 용기를 들먹이는 이유가 뭘까?

뭔가가 잡힐 것 같으면서도 신기루처럼 잡히지 않는 그 때 양송찬이 말을 이었다.

"이 사람아! 내가 2선 되고 3선 되면, 나도 날 받쳐주는 초선 의원들이 있어야 할 것 아닌가? 그래야 큰일을 할 수 있지. 아니면, 자네는 계속 이리 월급이나 받아먹는 팀장에 만족할 셈인가?"

그제야 홍보팀장은 양송찬의 말을 이해했다.

그가 재빨리 고개를 구벅 숙이며 말했다.

"후보님, 열흘만 주십시오. 제가 알아서 정리하겠습니다."

만족스러운 대답이었을까?

그제야 양송찬의 얼굴이 풀어지며, 입가에 미소가 걸렸다.

양송찬이 고개를 숙인 홍보팀장의 어깨를 손으로 두들겨 줬다.

툭툭─

"아야, 김 팀장. 선거 기간 동안 욕 많이 봤는데, 나랑 가서 밥이나 먹자."

늦은 밤.

청주 호수 공원.

은빛 승용차 한 대가 불이 꺼진 주차장 안으로 들어온다.

그리고는 외진 곳에 주차되어 있는 검정색 SUV 옆으로 들어섰다.

딸칵―

야구 모자를 깊숙이 눌러쓴 채 승용차의 운전석에서 내린 사람.

그리고는 곧장 SUV의 보조석을 열고 올라탔다.

"후우. 형님, 예상이 맞았습니다. 옆에서 살살 긁으니까 아주 그냥 봇물이 터진 듯 본심을 마구 쏟아내던데요."

보조석에 앉은 사람이 야구 모자를 벗고는 입을 열었다.

그는 양송찬의 선거 캠프에서 홍보팀장을 맡고 있던 김팀장, 김찬석이었다.

스윽―

"한번 들어보시죠."

김찬석이 호주머니에서 휴대폰을 꺼내더니, 이내 녹음 어플을 실행했다.

[최측근은 무슨. 내가 던져 주는 뼈다귀나 주워 먹는 개새끼지. 그놈이 말을 잘 들어서 데리고 있었는데, 요새 시원치 않단 말이야. 하는 행동도 수상하고.]

휴대폰에서 흘러나온 목소리는 몇 시간 전, 김찬석과

대화를 나눴던 양송찬의 것이었다.

쾅-

형님이라 불린 사내가 녹음된 내용을 듣던 도중 차 핸들을 강하게 내리쳤다.

그럼에도 분을 삭이지 못했는지 몸을 부르르 떨며 거친 호흡을 내뱉었다.

그리고 때마침 창문으로 드리워진 달빛으로 인해 운전석에 앉은 사내의 얼굴이 희미하게나마 모습을 드러냈다.

놀랍게도 SUV의 운전자는 윤철환 경위였다.

빠득-

"그 개자식! 내가 그렇게 아니라고 말했는데, 결국 나라고 아예 확정지었단 말이지? 거기다가 나를 어떻게 해?"

울분을 참지 못하는 윤철환 경위를 보며 김찬석이 말했다.

"일단 제가 열흘 이내에 해결한다고 했으니까, 그때까지는 따로 형님을 건들지 않을 겁니다. 그러니 그전에 살 궁리를 찾아야 합니다."

"찬석아, 고맙다. 네가 아니었다면, 그 늙은이한테 꼼짝없이 당했을 거다."

"고맙긴요. 애초에 사기꾼인 저를 캠프에 찔러 넣어주신 것도 형님이지 않습니까? 혹시 일이 이렇게 될 줄 알고 그랬던 거 아닙니까?"

김찬석이 눈을 흘기며 물었다.

양송찬은 물론 선거 캠프의 사람들은 김찬석이 서울대를 졸업하고 해외의 명문 대학원을 나온 젊은 인재인 줄 알고 있다.

하지만 홍보팀장인 김찬석의 학력은 전부 위조된 것들이었다.

김찬석은 미국의 명문 대학원은커녕 서울대 입구에도 가본 적이 없었다.

애초에 고졸 출신인 그는 사기 전과 4범의 범죄자였기 때문이다.

그런 그가 선거 캠프에서 홍보팀장 직함을 달고 양송찬에게 접근할 수 있던 것은 모두 윤철환 경위 덕분이었다.

오랜 시간 양송찬의 곁에서 온갖 궂은일을 도맡아 왔던 윤철환 경위였다.

그 덕분에 그는 양송찬 본인보다 그에 대해서 잘 알고 있었다.

그렇기 때문에 언제가 될지 모르지만, 분명 양송찬이 자신을 위험하다고 여겨 내칠 때가 있으리라고 믿었다.

그때부터였다.

윤철환 경위가 양송찬의 육성을 기록한 녹취록과 비리와 관련된 자료를 수집하고, 자신이 믿을 수 있는 사람을 포섭해 한 명씩 그에게 붙어 있게 만든 것이 말이다.

언젠가 양송찬이 자신에게 칼을 겨눴을 때, 그를 제압할 무기로 사용하기 위해서였다.

하지만 윤철환 경위 본인 또한 그 시점이 이렇게 빨리 찾아오리라고는 생각하지 못했다.

적어도 양송찬이 국회의원 배지를 달고 좀 더 높은 자리에 올랐을 때쯤, 지금까지 모은 것들이 그의 심장을 찌를 비수가 되리라고 생각했었다.

"그나저나 형님. 정말 양 후보, 아니 양송찬을 어떻게 할 생각은 아니시죠?"

윤철환 경위가 고개를 돌려 김찬석을 쳐다봤다.

"왜? 한동안 곁에 있더니 받아먹는 떡고물이 맛있더냐?"

"네? 에이, 왜 이러십니까? 그런 것 때문에 이런 말씀 드리는 게 아니라는 건 형님도 잘 알고 계시지 않습니까?"

"그럼?"

김찬석이 얼굴에 웃음기를 지우고 말했다.

"비록 선거에서 떨어졌지만, 아직 그 인간 말이라면 일단 움직이고 보는 청주 검사들 많습니다. 그간 처먹인 술이 어디 한두 번입니까? 그리고 그 사람들한테 쏟아부은 사과 박스도 만만치 않고요. 뭐. 당연한 얘기지만 주먹들도 몇몇 있는 것 같고요."

"어차피 호랑이 등에는 올라탔다. 내가 먼저 죽이지 않으면, 그 인간이 날 죽이려 들 테니까."

"……."

김찬석이 입을 다물었다.

그 역시 홍보팀장 일을 하면서 양송찬의 성격을 적지 않게 확인했다.

윤철환 경위의 말은 빈말이 아니었다.

윤철환 경위가 이대로 멈춘다고 해도 황교상에게 자료를 넘긴 사람이 그라고 확신하는 이상, 양송찬은 가만있지 않을 것이다.

"찬석아."

"네, 형님."

"이미 내 손에 피가 많이 묻었다. 씻는다고 씻어질 피도 아니고 좀 더 묻는다고 더 더러워지지도 않아."

"형님……."

"어차피 부패에 비리 경찰로 낙인찍힌 이상, 이놈의 경찰일 계속하기도 어렵고. 그건 너도 마찬가지야. 지금이야 우리가 약을 쳐놓은 게 있으니까 양송찬이 널 믿는 거지. 만약 같은 서울대 출신이라도 그놈 밑으로 들어오면 어떻게 할 셈이냐? 학력조회나 신분조회 한 방이면 다 들통 날 텐데."

"하하하. 그럼, 별수 있습니까? 여기 이 가슴팍에 별 하나 더 다는 거죠 뭐."

김찬석이 웃으며 말했지만, 얼굴색이 편하지는 않다.

그도 알고 있었다.

지금 자신의 처지가 벼랑 끝에서 위태롭게 흔들리고 있는 자동차라는 것을 말이다.

하지만 본인이 생각하기에 다른 방법이 있는 것도 아니었다.

만약 이 일에서 손을 뗀다고 해도, 배운 짓이 도둑질이니 또 비슷한 짓을 할 게 분명했다.

"그러지 말고 찬석아, 이건 어떠냐? 어차피 우리 대한민국에서 받은 것도 별로 없고 너나 나나 여기 지긋지긋한데, 한탕 털어서 완전히 뜨는 거야."

"털어요? 설마 양송찬을?"

깜짝 놀란 표정을 짓던 김찬석이 재빠르게 눈동자를 굴렸다.

순간이지만, 불가능하다는 생각은 들지 않았다.

"음, 확실히 그 인간 재산이면, 동남아든 유럽이든 어디를 가도 떵떵거리며 살 만하죠. 그런데 가능하겠어요? 양송찬 그 인간 엄청난 구두쇠라서 확실한 일이 아니면, 절대 돈 안 쓰잖아요. 이번 선거 때도 홍보 자금 받아 내느라 얼마나 고생했는데."

"그 돈, 우리가 움직이게 해야지."

"⋯⋯?"

"내일 모레 양송찬을 찾아가서 말할 거다. 황교상에게

파일을 넘긴 놈을 찾았다고."

양송찬은 윤철환 경위를 의심하고 있다.

하지만 윤철환 경위가 직접 찾아가서 진짜 범인을 찾았다고 얘기하면, 설마 하는 심정으로 얘기를 들을 게 분명했다.

김찬석이 눈을 빛냈다.

"그리고요?"

"놈이 지금까지 양송찬이 저지른 비리며 잘못이며 죄다 알고 있다고 할 거다. 거기에 또 놈이 원하는 건 돈이니까 돈만 주면 깔끔하게 처리할 수 있다고."

"돈으로 해결하겠다? 그리고 그 돈을 형님이랑 나랑 가로채서 한국을 뜬다? 나쁘지는 않은데, 그게 생각대로 될까요? 이전이라면 모를까, 그 늙은이가 형님 말을 아예 믿지 않을 수도 있어요."

윤철환 경위가 고개를 끄덕였다.

"알아. 그 늙은이 욕심이 많은 만큼 겁도 많다. 돈을 달라고 해도 분명 일부만 내주겠지. 그때 내가 가지고 있는 자료를 진짜 황교상에게 넘길 거야. 그럼, 아차 싶어서 돈을 내게 넘길 거고. 난 일부러 실패한 척할 거다."

"그 다음은요?"

"그 다음에는 네가 해결하겠다고 넌지시 얘기를 해. 그리고 너마저 실패를 하고 제법 큰 걸 터트린다고 하면, 분명 앞뒤 가리지 않고 돈으로 막으려 할 거다."

"연이은 실패에 마음이 급해졌을 테니, 제대로 사리분별을 할 수 없겠죠. 게다가 그런 식으로 하면, 총 3번을 털어먹을 수 있는 거네요?"

"그래. 설령 중간에 일이 잘못되더라도 앞서 빼놓은 돈이 있으니까 최악의 상황은 피할 수 있을 거다."

김찬석이 고개를 끄덕였다.

"그럼, 배우를 구해야 하는 건가? 형님이랑 나는 양송찬을 마크해야 하니까, 우리가 계획을 진행하는 동안 자료를 넘긴 놈이 될 수는 없는 거잖아요?"

"그건 걱정할 필요 없다. 딱 알맞은 배우…… 아니, 주인공이 있으니까."

김찬석이 물끄러미 윤철환 경위의 얼굴을 쳐다봤다.

궁금한 것이 많았지만, 그는 더 이상 묻지 않았다.

이제 자신이 해야 할 것은 지금까지 얘기를 들은 것에 대한 답변이었다.

"오케이! 그럼, 오늘부터 내가 해야 할 건 뭡니까? 열흘 동안 그 늙은이 비위만 맞춰주고 있으면 되는 겁니까?"

스윽-

입고 있던 점퍼 속으로 손을 집어넣은 윤철환 경위가 검정색 봉지 하나를 꺼내 내밀었다.

"받아라."

"이게 뭐…… 어?"

검정색 봉지의 안을 살피던 김찬석의 얼굴이 굳어졌다.

봉지 안에는 지퍼 백이 달린 또 하나의 봉지가 있었는데, 그 안에는 하얀 가루가 담겨 있었다.

"혀, 형님. 이거 설마 내가 생각하는 그건 아니죠?"

"앞으로 열흘 동안 그 늙은이 심기를 긁어대는 일들이 계속 생길 거다. 그럼, 마음을 가라앉히는 데 효과가 있는 거라고 하면서 그걸 차에 타서 주면 돼."

"형님!"

"어차피 일 잘못되면 너나 나나 좆 되는 건 매한가지다. 실패하지 않으려면, 할 수 있는 약은 다 쳐놔야지."

"이렇게까지…… 후우. 알았습니다. 알았어요."

윤철환 경위의 눈빛을 정면으로 받은 김찬석이 이내 고개를 숙이고는 건네받은 봉지를 잘 챙겼다.

"잘해라. 이번 일 잘 성공하면, 너나 나나 해외에서 남부럽지 않게 살 수 있다. 어디 가서 사기꾼이니 비리 경찰이라는 소리 안 듣고 말이야."

"알겠습니다. 맡겨 주십쇼."

"그래, 그럼 또 연락하마."

막 보조석의 문을 열고 나가려던 김찬석이 몸을 돌려 윤철환 경위를 쳐다봤다.

"저기 형님."

"왜?"

"혹시 최악의 상황이 됐을 경우 그래도 살 수 있는 구멍 하나쯤은 있는 거죠?"

"짜식, 나 아직 경찰이다."

씨익—

경찰이라는 말과 함께 윤철환 경위가 웃자 김찬석이 한결 편해진 표정을 짓더니 이내 보조석의 문을 열고 내렸다.

그리고 얼마 지나지 않아 SUV 옆에 세워 두었던 은빛 승용차가 어둠이 깔린 주차장을 빠져 나갔다.

운전석에 앉아 물끄러미 그 모습을 지켜보는 윤철환.

승용차가 시야에서 완전히 사라지자, 담배를 꺼내 물고는 한 모금 빨아들인다.

"후……."

희뿌연 담배 연기가 차 안을 가득 메운다.

눈을 감고 생각에 잠겨 있던 윤철환이 담배를 짓이겨 끄고는, 이내 휴대폰을 꺼내 들어 어디론가 전화를 걸었다.

"나다. 너 아는 애들 중에 모텔 돌아다니며, 물건 설치하는 애들 있지? 입 무겁고 머리 똘똘한 애로 한 놈 준비해 놔라. 그래. 그리고 미리 말한 대로 오늘부터 그놈도 감시 시작해."

127

Chapter 108. 대한 경매장

    분명 뭔가 움직임이 있으리라고 생각했던 박무봉 쪽은 생각과는 달리 아무런 소식이 없었다.

    반면, 대한 경매장 쪽에서는 의외라고 할 정도로 빠르게 움직였다.

    그들은 불도저처럼 일을 추진했고, 연락을 한 지 하루 만에 물건과 함께 경매에 대한 얘기를 나누고 싶다는 의사를 전해왔다.

    나 또한 이래저래 돈이 필요했던 상황이었기 때문에 시간을 끌지 않고 정찬우 교수와 함께 곧바로 만나겠다는 의사를 타진했다.

서울 강남구 삼성동에 위치한 대한 경매장.

귀빈실에 앉아 손목에 차고 있는 시계를 연신 확인하는 정찬우 교수를 향해 물었다.

"교수님, 대한 경매장에 대해서는 잘 아십니까?"

정찬우 교수가 고개를 저었다.

"대한 그룹이 최근부터 운영하기 시작했다는 것 외에는 저 역시 알지 못합니다. 지금까지 국내를 주름잡는 경매장은 어디까지나 신라 경매장이었으니까요."

"신라 경매장이면, 그 예전 신라 그룹의?"

"네, IMF 당시 부도가 났던 신라 그룹 소유의 경매장입니다. 당시 신라 그룹의 회장이셨던 고(故) 민영철 회장의 슬하에는 다섯 명의 자식이 있었는데, 현 신라 경매장의 주인인 민소희 이사장은 당시 나이가 다섯 살밖에 되지 않았습니다."

"늦둥이였나 보네요."

"맞습니다. 게다가 앞선 형제들과는 어머니가 다르기까지 했지요."

아무래도 흔한 막장 드라마에서 나오는 복잡한 집안 관계인 것 같다.

"그 때문에 민영철 회장이 죽기 직전, 그녀에게 유산으로 남긴 게 신라 경매장이었습니다. 세금이나 그런 문제는 깔끔하게 해결하고 신라라는 이름만 붙여서 민소희 이사장에게 넘긴 거죠."

"왜 하필 경매장이었던 겁니까?"

아무 회사나 그룹이라는 말을 쓸 수 있는 게 아니다.

아니, 쓸 수는 있어도 사회적으로 인정을 받기는 쉽지 않다.

하지만 신라 그룹은 IMF 이전까지 사회적으로 인정을 받던 대한민국 재계의 거두 중 하나였다.

당연히 경매장이 아니더라도 유산으로 남겨줄 수 있는 건 많았을 것이다.

"아마 제일 안전하고 차후 성인이 되어서도 여러 인물들과 자연스레 친분을 맺을 수 있기 때문이 아니었을까라고 생각합니다."

정찬우 교수가 안경을 고쳐 쓰며 대답했다.

"경매장인 만큼 다양한 계층의 인물들과 친분을 쌓을 수 있을 거라는 교수님 말씀은 이해합니다."

과연, 일반인이 경매장과 같은 장소를 방문할 일이 평생 동안 한 번이라도 있을까?

아마 모르긴 몰라도 서울 시내를 돌아다니는 사람을 잡고 경매장에 가봤냐고 묻는다면, 열이면 열 모두 고개를 저을 것이다.

"그런데 조금 전에 말씀하신 안전은 무슨 뜻이죠?"

"만약 주식이나 다른 계열사에 대한 지분을 줬다면, 욕심

많은 형제들이 어떻게든 민소희 이사장의 이름 앞으로 되어 있는 것들을 모두 빼앗았을 겁니다. 그만큼 당시의 이사장은 어렸으니까요. 하지만 고작 경매장 따위로 뭔가를 해보기에는 신라라는 그룹은 거대한 왕국이었습니다. 그에 비해 경매장은 형제들의 입장에서 왕국 안에 있는 마구간 정도로 느껴졌을 겁니다. 그러니 아무도 손대지 않고 그냥 두었겠지요."

"하지만 신라라는 왕국이 무너지는 데 고작 일 년도 안 걸렸죠?"

신라 그룹은 IMF 이전에는 대한 그룹 못지않은 거대 재벌 그룹이었다.

하지만 IMF 당시, 계열사가 연달아 부도났고, 결국 최종 부도 처리되면서 역사의 뒤안길로 사라졌다.

"네, 하지만 당시의 신라 경매장은 1원 한 푼도 문제가 될 게 없을 만큼 깔끔하게 정리되어 민소희 이사장에게 상속된 상태였습니다. 덕분에 IMF 이후 신라 그룹이 부도 처리되며 남매들이 탈세 혐의로 유치장을 드나들 무렵에도, 민 이사장은 아무런 영향 없이 공부에만 집중할 수 있었습니다. 결론적으로 보자면, 신라 경매장을 민소희 이사장에게 상속한 건 민영철 회장의 선견지명이었다고 볼 수 있을 겁니다."

정찬우 교수는 선견지명이라고 했지만, 과연 그걸 선견

지명이라고 할 수 있을까?

정말 민영철 회장이 선견지명이 있었다면, 그의 사후 IMF가 찾아 왔을 때 신라 그룹이 그토록 허무하게 부도 처리되지는 않았을 것이다.

하지만 결국 그가 할 수 있던 건 늦둥이인 막내 자식의 재산을 지켜준 것밖에 없다.

그것도 최대한 형제들에게 화를 입지 않는 방향으로 말이다.

이건 사실 선견지명이기보다는 그냥 운이 좋았다고 봐야 했다.

저벅- 저벅-

그렇게 잠시 상념에 빠져 있을 무렵.

문이 열리는 소리와 함께 접근하는 발자국 소리에 고개를 들었다.

그곳에는 이제 30대 초반 정도 됐을까?

푸른빛이 감도는 정장을 입고 있는 사내가 있었다.

사내는 잘 생겼다고 말할 수 있는 외모는 아니었지만, 어디를 가더라도 사람들에게 좋은 인상을 줄 만큼 선하게 보이는 이목구비를 갖추고 있었다.

"기다리시게 해서 죄송합니다. 혹시 정찬우 교수님?"

사내가 말을 걸어오자 정찬우 교수가 자리에서 일어났다.

"네, 제가 정찬우입니다."

"아! 말씀 많이 들었습니다. 전 대한 경매장의 이사로 있는 조칠현이라고 합니다. 그런데 여기 계신 이분은?"

"이번 경매 물품의 소유자이십니다."

소유자라는 소리에 조칠현의 눈동자가 빠르게 움직였다.

재빠르게 내 모습을 훑어본 그가 조금 전보다 더 깍듯하게 고개를 숙이며 말했다.

"다시 한 번 소개하겠습니다. 대한 경매장의 조칠현 이사입니다."

"한정훈입니다."

간단한 소개를 마치고 자리에 앉은 조칠현이 미소를 지은 얼굴로 말했다.

"이렇게 젊은 분께서 클라이언트이실 줄은 전혀 예상하지 못했습니다. 저희 경매장을 찾아주신 분들 중에서 가장 젊은 분이신 것 같은데요? 게다가 미남이시고요."

분위기를 가볍게 끌고 가자는 생각이었을까?

조칠현의 목소리는 부드러웠고 편안했다.

하지만 나는 그가 생각하는 방향으로 일을 처리하고 싶은 생각이 없었다.

비도크의 경험에 의하면, 거래에서 가장 중요한 시점은 거래를 하기 전과 거래를 하고 난 뒤였다.

전자는 원하는 물건 혹은 금액을 받아야 하기 때문이고,

후자는 살아서 그것들을 가지고 나가야 하기 때문이었다.

'그리고 보면 사람을 상대할 때 가장 큰 도움이 되는 건 비도크의 기억이란 말이야.'

비도크로 생활한 기간과 동기화는 높지 않음에도 불구하고, 참으로 다사다난한 삶을 살았기 때문인지 그는 내게 다른 정착자를 압도할 만큼의 충분한 경험과 기억을 줬다.

"아! 이럴 게 아니라 같이 나가서 식사라도 하면서 대화를 하는 게 어떻습니까? 이 근처에 이탈리아 요리를 잘 하는 레스토랑이 있습니다. 제가 지금 예약을 할 테니……."

"이사님."

"네?"

중간에 말을 끊자 당황한 조칠현이 나를 쳐다본다.

그런 그를 향해 나지막하게 말했다.

"일이 먼저입니다."

"……그렇군요. 일이 먼저죠. 제가 추태를 보인 것 같습니다. 죄송합니다."

조칠현은 순순히 사과를 했다.

오히려 너무 쉽게 사과를 하는 모습에 내가 놀랄 정도였다.

"그럼, 말씀하신 대로 일부터 진행하도록 하겠습니다. 일단은 물건부터 확인하도록 할까요? 저희 쪽에서도 진품을 확인할 전문가를 부르도록 하겠습니다."

"물건은 저기 있습니다."

소파 옆에 놓인 나무 상자를 가리키자 고개를 끄덕인 조칠현이 본인의 자리로 걸어가더니 인터폰을 눌렀다.

삐ㅡ

"들어오시라고 하세요."

조칠현의 허락이 떨어지고 얼마 지나지 않아서 백발이 성성한 노인이 접견실 안으로 들어왔다.

정찬우 교수가 그 노인을 유심히 바라보고 있자 조칠현이 입가에 작게 미소를 짓고는 말했다.

"임학봉 관장님이십니다. 은퇴하시기 전에는 국립중앙박물관의 관장님으로 계셨습니다."

"역시!"

조칠현의 설명이 끝나자 정찬우 교수가 짧은 탄성을 터트렸다.

그 모습에 작은 목소리로 물었다.

"유명하신 분이십니까?"

"고고학계에서는 전설과도 같은 분이십니다. 과거 신라 경매장에서 삼고초려를 해서라도 모시려고 했었는데, 실패한 일화도 유명하죠. 그런데 그와 같은 분이 이제 막 생긴 이곳에 계실 줄은 상상도 못했습니다."

정찬우 교수의 얘기를 들으니 설마 하고 있던 생각에 확신이 들었다.

"어르신, 부탁드리겠습니다."

"허허, 알겠네."

조칠현의 부탁에 자리를 옮긴 임학봉 관장이 조심스레 나무 상자의 뚜껑을 열고는 짧은 신음을 흘렸다.

건륭제의 검은 바라보는 것만으로도 사람을 압도하는 그런 분위기가 있었다.

"음."

그렇게 임학봉 관장이 건륭제의 검을 감정하는 사이 나를 비롯한 두 사람은 침묵으로 일관했다.

기껏해야 방안에는 찻잔이 달그락거리는 소리뿐이었다.

그렇게 얼마의 시간이 흘렀을까?

세 사람의 찻잔에 찻물이 비어 갈 때쯤, 이마에 송골송골 맺힌 땀방울을 닦으며 임학봉 관장이 뒤로 물러섰다.

"후우, 정말 대단한 물건이네."

재빨리 자리에서 일어난 조칠현이 임학봉 관장의 곁으로 걸어갔다.

"어르신, 진품이 맞습니까?"

"이 늙은이의 배움과 눈이 잘못되지 않았다면, 진품이 확실하네. 그것도 흠잡을 데 하나 없는 최상품이네."

"그럼 내부적인 규정으로 따지자면?"

"SS를 주기에는 조금 힘들고 S라고 보면 될 것이네."

평가를 들은 조칠현의 얼굴 만면에 미소가 번져 났다.

"아무튼 이리 귀한 물건을 직접 볼 수 있어서 영광이었네. 또 기회가 있으면, 불러주게나."

"물론입니다. 어르신, 살펴 가시기 바랍니다."

산책을 나온 노인 마냥 임학봉 관장이 돌아가자 조칠현이 다시 원래의 표정을 짓고는 자리로 돌아왔다.

"진품임이 확인됐으니, 이제 중요한 건 여기 계신 한 사장님의 결정이겠군요. 저 물건을 저희 대한에게 맡겨 주시겠습니까? 맡겨 주신다면, 최고의 액수로 거래가 되게끔 준비하겠습니다."

"200억."

처음 예상했던 금액은 150억이었다. 하지만 거기에 나는 무려 50억을 더 올려서 말했다.

"가능합니까?"

"200억이라…… 물론 가능합니다."

조칠현은 일말의 망설임도 없이 대답했다.

이미 진실과 거짓 스킬을 발동하고 있던 나는 그의 몸에서 뿜어져 나오는 푸른 기운을 확인하고 지금의 대답이 진실임을 알 수 있었다.

그는 건륭제의 검이 충분히 200억 이상의 가치를 갖고 있음을 확신하고 있었다.

"경매장의 수수료는 어떻게 하실 생각입니까?"

"200억에 낙찰될 경우 10%로 하겠습니다. 그리고 낙찰 금액이 올라갈 경우 %를 상향 조정하는 게 어떻습니까?"

충분히 납득 가능한 제안이었다.

"좋습니다. 그럼, 200억 이하로 낙찰되었을 경우를 고려해야겠군요. 만약 그 이하로 낙찰되면, 수수료는 어떻게 하실 생각입니까?"

"그때는 수수료를 일절 받지 않겠습니다. 가치 있는 물건을 제대로 팔지 못한 저희 잘못이니까요. 어떠십니까?"

몸에서 피어나는 푸른 기운.

지금의 말 또한 진심이었다.

"좋습니다. 그럼, 세 가지 조건을 받아들일 경우 계약서에 사인을 하겠습니다."

"세 가지 조건이요?"

"첫째, 경매는 되도록 빠르게 진행했으면 좋겠습니다. 되도록이면 보름 이내에 처리됐으면 합니다."

"보, 보름 말입니까?"

"둘째, 이번 경매로 대한 경매장의 입지를 구축하는 건 상관없습니다. 그러나 그건 어디까지나 VIP들의 입을 통해서이지, 대한 경매장의 홍보팀을 동원해서 대외적인 광고 등은 진행하지 않았으면 합니다. 다시 말해서 TV나 신문 광고 등은 원하지 않습니다."

조칠현의 얼굴이 굳어졌다.

하지만 그와 상관없이 나는 계속 말을 이었다.

"셋째, 이 물건을 대한에게 넘긴 사람이 저라는 사실이 새어 나가지 않도록 해주셔야 합니다. 만약 경매장 측에서 이 세 가지 조건을 지키지 못했을 경우, 그에 따른 책임으로 낙찰 금액의 3배를 위약금으로 물어줬으면 하는 게 제가 원하는 조건입니다."

얘기를 듣던 조칠현이 한숨을 토했다.

"후우, 조건들이 하나같이 저희에게는 불리한 것들뿐이군요. 한 사장님, 저희가 그만한 리스크를 감수하고 굳이 이번 거래를 진행할 거라는 보장이라도 있으십니까?"

"물론입니다. 국내에서 수백억 원대의 경매 물품이 거래되는 건 극히 드문 일입니다. 아니, 아예 없다고 해야 할까요? 보통 규모가 있는 경매 물품들이 거래되는 곳은 세계 2대 경매 회사라고 불리는 소더비와 크리스티라고 알고 있습니다."

소더비와 크리스티 경매 회사는 경매에 대한 관심이 있는 사람이라면, 누구나 들어 봤을 정도로 유명한 곳이다.

바오리 경매장이 제아무리 대단하다고 해도 역사와 전통이 있는 이 두 곳에 비교할 정도는 아니었다.

"그런 와중에 국내에서 이제 막 생긴 신생 경매 회사가 200억 이상 규모의 경매 물품을 진행한다고 하면, 아마 업계에서는 큰 관심이 쏠릴 겁니다."

"신생이라고는 하지만 우리 대한 경매장은……."

"네, 대한이란 이름을 달고 있지요. 그리고 한국 땅에서 대한이라는 이름을 달고 있다는 게 어떤 의미인지 모르는 사람은 없을 겁니다. 또 여기 계신 이사님이 대한의 사람이란 것도 성만 보면 알 수 있습니다."

고작 30대의 나이로 이만한 규모의 회사에서 이사를 달고 있다면, 둘 중 하나였다.

엄청난 능력을 가졌거나, 그게 아니라면 오너 일가와 관련이 있거나.

조칠현은 후자일 가능성이 높았다.

'대한 그룹 회장의 이름이 바로 조달만이니까.'

대한의 이름을 가진 회사에 조가 성을 가진 30대의 젊은 이사?

어린 아이라도 충분히 유추할 수 있는 사안이었다.

"그리고 대한 그룹은 시작을 하지 않았으면 않았지, 일단 시작한 이상은 반드시 1위를 해야지 인정을 받는다고 들었습니다. 그게 현 회장님의 철학이라고 하던데요?"

"……꽤나 자세히 알고 계시네요."

"인터넷과 자서전에 나와 있으니까요."

정찬우 교수와 동행을 했지만, 그렇다고 나 역시 건륭제의 검을 경매장에서 처분하기 위해 아무런 준비를 하지 않은 것은 아니었다.

어디까지나 현재 건륭제의 검에 대한 소유권은 내게

있었다.

"정 교수님, 국내 업계 1위라는 신라 경매장에서 200억 이상의 물품이 거래된 적이 있나요?"

"공식적으로 10년 이내에는 없습니다. 아무래도 값이 나가는 물품은 아까 말씀하셨던 것처럼 소더비와 크리스티에서 거래되는 게 보통이니까요."

소더비와 크리스티 경매 회사의 수수료가 훨씬 낮기 때문에 사람들이 그곳을 이용하는 것은 아니다.

첫째, 그들은 오랜 기간 명성과 역사를 쌓아온 만큼 초특급 VIP들에게 연락을 취할 수 있는 수단이 있다.

애초에 수백, 수천억짜리 물건이 거래되는 현장에 어중이떠중이들만 많아 봐야 경매 물품의 가격은 오르지 않는다.

하지만 VIP들끼리 자존심 싸움이라도 붙는 날에는 경매 물품의 가격은 책정 가격에 비해서 적게는 수배 많게는 수십 배까지 오를 수도 있었다.

그러니 많은 사람들이 로열 고객이라고 불리는 VIP들이 포진한 두 곳의 경매장을 찾는 것이다.

둘째, 안전하다. 자체적으로 전문 인력을 운영하는 두 곳의 경매 회사는 철저한 보안 체계를 가지고 있었다.

이는 어찌 보면 당연할 수밖에 없었다.

수백억이 넘는 돈을 사용하려고 가는 곳이 위험한 곳이라면, 과연 누가 그곳으로 걸음을 옮길까?

이처럼 두 가지가 완벽하기 때문에 많은 사람들이 소더비와 크리스티를 최고의 경매장으로 손꼽고 있었다.

"이런 상황에서 신생 경매 회사인 대한 경매장이 200억 이상의 경매 물품을 판매한다면, 업계의 명성은 단번에 치솟아 신라를 압도하게 될 겁니다. 이래도 아까 제가 요구한 3가지 조건이 무리라고 생각하십니까?"

"으음."

"무리라고 생각하시면, 바오리 경매장 측에 다른 경매장을 소개해달라고 하겠습니다. 아! 신라에게 맡겨도 나쁘지 않겠군요."

"……협박인 겁니까?"

요구를 받아들이지 않으면, 경쟁 회사로 간다.

조칠현의 입장에서는 협박으로 느껴질 수도 있다.

하지만 내 입장에서 이건 더 높은 가치를 책정해줄 사람을 찾는 비즈니스일 뿐이었다.

'어차피 국내 유물이 아닌 이상 죄책감을 가질 필요도 없고 말이야.'

만약 건륭제의 검이 아닌 이순신 장군의 검이었다면, 애초에 이렇게 처분할 생각 따위는 하지도 않았을 것이다.

"후우, 좋습니다. 대신 저희 쪽도 조건이 있습니다."

"말씀하세요."

"앞으로 국내의 경매장을 이용할 경우, 신라가 아닌 꼭 저희 대한을 이용하셔야 합니다."

조칠현의 생각이 보인다.

그러니까 그는 지금 내가 가진 게 단순히 건륭제의 검뿐만이 아니라고 생각하는 것이다.

어쩌면 지금의 내게 건륭제의 검 이상의 물건이 있을지도 모른다고 짐작할 수도 있다.

그렇다면 여기서 가볍게 한번 질러볼까?

"거래야 당연히 더 좋은 곳에서 하는 게 맞지 않을까요? 어차피 저한테는 신라나 대한이나 크게 상관이 없습니다만?"

"이……."

"하지만."

"……?"

"이번 거래의 수수료를 5%로 낮춰 준다면, 방금 하신 말을 계약서에 추가하셔도 좋습니다. 그렇게 한다면, 저와 이사님은 아주 좋은 파트너가 될 것 같으니까요."

"좋습니다."

조칠현의 망설임 없이 내 제안을 받아들였다.

역시 국내 재벌1위의 오너 일가라는 것일까?

200억의 10%면, 20억이다.

거기서 5%로 조정했으니, 순식간에 경매장이 취할 수 있는 이익 중에서 10억이 사라졌다.

그런데도 조칠현은 눈 하나 깜박하지 않았다.

이 말은 애초에 그가 이번 물건을 경매에 내놓음으로 얻게 되는 경매장의 수익 따위는 염두에 두지 않았다는 소리였다.

'그럼 뭘까? 대체 무슨 이유 때문일까? 정말 업계 1위라는 명성을 얻고 싶어서? 그만한 가치가 있는 것일까?'

분명 무슨 꿍꿍이가 있을 게 분명하지만, 아쉽게도 그건 지금의 내 능력으로는 알아낼 방도가 없었다.

앞에 놓인 찻잔을 들어 올리며 말했다.

"자, 그럼 법무팀을 불러서 계약서를 꾸리도록 할까요?"

후릅―

어찌 됐든 계약은 원하는 방향으로 끌어냈다.

그래서일까?

차가 유난히도 달고 맛있었다.

Chapter 109. 목격

　계약서에 서명을 하는 건 일사천리였다.

　대한 경매장 법무팀 소속의 변호사들이 계약서를 준비해
서 가져왔고, 내용을 살핀 내가 사인만 하면 되는 일이었
다.

　물론 내가 사법 고시를 합격할 만큼 법에 대한 지식이 있
기 때문에 가능한 일이었다.

　그게 아니었다면, 나 역시 계약과 관련해서 전문 변호사
한둘은 대동하고 왔을 것이다.

　얘기가 좋게 끝났다고 해서 상대방이 계약서에 장난을
치지 말라는 보장은 없기 때문이다.

어찌 됐든 거래에서 가장 중요한 순간은 거래를 하기 전과 하고 난 뒤였다.

건륭제의 검을 대한 경매장 측에 넘기고 밖으로 걸어 나오자 정찬우 교수가 가슴 깊이 담아 두었던 숨을 내뱉었다.

"후우. 대단합니다. 어떻게 경매 수수료를 5%까지 줄일 생각을 하셨습니까?"

"돈 들어갈 데가 꽤 많아서 말이죠. 게다가 저쪽은 돈에는 그리 미련을 보이는 것 같지 않았거든요. 아마 제가 경험이 좀 더 많았으면, 3%까지 깎을 수 있었을지도 모릅니다."

이건 진심으로 하는 말이었다.

비도크 같은 경우에는 동기화가 그리 높지 않았기 때문에 아무래도 그의 행동을 그대로 좇을 때 어색한 점이 있었다.

"3%라……."

"참, 교수님, 그때 맡긴 그 서신은 어떻게 됐습니까?"

"아! 마지막 문구의 복원을 놓고 막바지 작업 중이라고 합니다. 늦어도 다음 주 중에는 끝날 것 같다고 하더군요."

"복원이 끝나면, 교수님께서 그분과 만날 시간을 정해주세요."

"그러도록 하겠습니다."

정찬우 교수와는 현재 분류 중인 유물과 관련해서 몇 가지 대화를 더 나누고 헤어졌다.

주차된 차량으로 걸음을 옮길 무렵.

저 멀리 D.K 그룹의 건물이 시야에 들어왔다.

"……그리고 보니 서울에 올라 왔다는 연락을 못 드렸네."

품속에서 휴대폰을 꺼내려다가 이내 손을 뺐냈다.

"바로 코앞인데. 얼굴이나 뵙고 가자."

차로 이동하면 10분이면 충분한 거리였다.

굳이 전화를 하기보다는 얼굴을 보고 차나 한 잔 하는 게 좋을 것 같았다.

그렇게 D.K 그룹 빌딩 앞에 도착했을 무렵.

모르는 번호로 한 통의 전화가 걸려왔다.

잠시 고민을 하다가 혹시나 하는 생각에 통화 버튼을 눌렀다.

"여보세요?"

[한정훈 군 휴대폰 맞습니까?]

어느 정도 나이가 느껴지는 목소리였다.

그리고 생전 처음 듣는다고 생각하기에는 귓가에 낯이 익었다.

"네, 맞습니다. 실례지만, 누구십니까?"

[나 민영철이네.]

민영철.

새로 부임한 한국대학교 법학과 학과장.

그리고 내 사법 고시 합격 소식을 자신의 인맥을 통해 먼저 전해 듣고 알려준 사람이었다.

그런데 갑자기 전화라니?

"아! 네, 교수님. 안녕하세요."

[그래. 그런데 자네 요새 많이 바쁜가 보지?]

"네?"

[조교에게 물어봐도 학교에 잘 나오지 않는다고 하더군.]

민영철 교수의 말대로 최근 학교를 방문하는 횟수가 줄어든 건 사실이었다.

이전처럼 굳이 장학금에 목을 맬 필요도 없었다.

사법 고시 1차와 2차를 합격한 이상, 이제 남은 건 3차 면접뿐이기 때문이다.

면접을 통과하고 나면 그 뒤로는 연수원 생활인데, 이때 선택지는 두 가지였다.

휴학을 하고 연수원을 가거나 연수원에 들어가는 것을 미루고 학교를 먼저 졸업하거나 말이다.

물론 보통은 연수원도 기수가 존재하기 때문에 휴학을 하고 연수원에 들어가는 게 일반적이다.

선배인 오철중 역시 그와 같은 방법을 선택했다.

물론 이 밖에 다른 선택지가 하나 더 존재하긴 했다.

대학을 중퇴하거나 편입을 하는 것이다.

어째서라고 묻는다면, 대한민국 사회에 뿌리 깊게 박혀 있는 학벌 문화 때문이다.

검찰 혹은 변호사들 사이에서도 고졸이나 이름 없는 대학교 출신보다는 당연히 명문 출신이 대우 받고, 이끌어주는 것 또한 끈끈하다.

그러니 좀 더 높은 곳을 꿈꾼다면, 고생을 하더라도 대학교 간판을 바꾸는 것도 나쁜 선택은 아니었다.

또 명문으로 꼽히는 대학교들 중 일부는 사법시험 합격자에 한해서 특별 전형을 두고 있기 때문에 편입을 하는 것도 어려운 일이 아니었다.

어찌 됐든, 전체적인 상황은 이러했고 나 같은 경우 되도록 적당히 성적을 유지할 수 있는 정도만 챙기면서 학교에 가고 있었다.

"……최근 일이 좀 바빠서 그렇습니다. 앞으로 신경 쓰겠습니다."

[그랬군. 자네가 일찍 사시에 합격을 하긴 했지만, 대학교 생활도 충실히 하면서 미래를 대비한 인맥을 쌓는 것도 중요하네. 나중에 시간이 지나면, 그게 다 귀중한 자산이 되니까 말이야.]

"명심하겠습니다."

틀린 말은 아니었기에 순순히 대답을 했다.

그런데 이런 조언을 하자고 느닷없이 전화를 걸은 건 아닐 텐데?

애초에 서로가 서로의 전화번호조차 몰랐던 상황에서 말이다.

[그보다 자네 3차 면접은 언제라고?]

"다음 주 월요일입니다."

[음, 학과장이 아니라 선배로서 얘기를 해준다면 크게 긴장할 필요는 없네. 어차피 3차는 형식적이니까. 게다가 자네는 1차와 2차 수석이기도 하고. 내가 언질을 해놓은 것도 있으니, 불참만 하지 않으면 이미 합격이라고 생각해도 될 거야. 막말로 자네가 그곳에서 똥이라도 지리지 않으면 말이야. 하하!]

하나도 웃기지 않지만, 그렇다고 또 굳이 지적을 하기도 애매해서 그냥 잠자코 듣고만 있었다.

그래서 대체 이 사람은 왜 내게 전화를 했을까?

[참, 그런데. 자네 이번 주 토요일에 시간 괜찮은가?]

"특별한 약속은 없습니다."

[그럼, 시간 되면 그날 나랑 밥이라도…….]

휴대폰 너머로 민영철의 목소리가 들려올 무렵, D.K 그룹 빌딩 앞으로 검은색 대형 세단이 미끄러지듯 들어왔다.

별다른 생각 없이 그 차량을 바라보다가 고개를 갸웃거렸다.

낯익은 인물이 차량의 보조석에서 내렸기 때문이었다.

'레이아? 안 집사님을 만나기 위해서 온 건가?'

하지만 검은색 대형 세단은 평소 그녀가 타고 다니던 차량이 아니었다.

이상함을 느낄 무렵, 운전석에서 내린 운전기사가 재빨리 뒤쪽 좌석의 문을 열자 중년 남성이 느긋한 자세로 차에서 내렸다.

"저 사람은……."

중년 남성의 얼굴을 확인한 순간 제일 처음 먼저 느낀 것은 당혹감이었다.

중년 남성의 이름은 곽현민.

그는 현 KV 그룹의 회장으로 취임한 곽도원의 차남으로, 직책은 KV 전자 사장이었다.

향후 KV 그룹과의 마찰을 준비하며, 그쪽의 오너 일가에 대해서는 확실하게 파악했기 때문에 틀림없었다.

[여보세요? 정훈 군! 내 말 듣고 있나?]

"……교수님, 죄송합니다. 제가 다음에 다시 연락드리겠습니다."

사정을 설명할 상황이 아니었다.

재빨리 민영철과의 전화 통화를 끊고 시선을 곽현민에게로 집중했다.

대체 KV 그룹의 임원이 왜 이곳에 나타난 것일까?

그것도 레이아와 다정한 모습으로 말이다.

백 번 양보해서 한국에서 기업을 이끌고 있으니, 친분이나 비즈니스 때문에 찾은 것으로 생각할 수 있다.

"하지만 그래도 KV 그룹과 관계된 일이라면, 내게 미리 언질이라도 해줄 수 있었을 텐데?"

문제는 내가 KV 그룹에 대해서 어떻게 생각하고 있는지 충분히 알고 있으면서도 일언반구의 언급도 없었다는 것이다.

그 말은 굳이 내게는 알리고 싶지 않다, 비밀로 하고 싶다는 것으로 해석할 수밖에 없었다.

"레이아의 단독 행동일까? 아니면……."

머릿속에 안 집사의 모습이 떠올랐다.

당장 찝찝한 마음에 휴대폰을 만지작거렸다.

아니, 지금이라도 앞으로 나가 레이아에게 인사를 하고 싶었다.

만약 그렇게 한다면, 과연 그녀는 어떤 반응을 보일까?

그렇게 생각을 하는 사이 레이아의 에스코트를 받은 곽현민은 D.K 그룹의 빌딩 안으로 들어섰다.

그 모습을 물끄러미 바라보다가 휴대폰의 단축 번호를 눌렀다.

이건 반드시 확인이 필요한 일이었다.

삐익-

신호가 몇 번 울리더니, 이내 휴대폰 너머로 레이아의 목소리가 들려왔다.

[어머, 웬일이에요? 전화를 다 주시고?]

평소처럼 에이션트 원이라는 낯간지러운 소리는 흘러나오지 않았다.

"다른 게 아니라 재단과 관련해서 의논했으면 하는 게 있어서요. 혹시 시간 괜찮습니까?"

[……재단이요?]

"네, 지금 재단이시면 제가 찾아가도록 하겠습니다. 식사라도 하면서 같이 얘기하는 게 어떨까요?"

[이거 어떡하죠. 제가 중요한 약속이 있어서 오늘은 곤란할 것 같아요.]

"아주 중요한 약속인가요?"

[네, 미국 지사 관련해서 손님이 오기로 해서요.]

미국 지사?

마음 한구석이 차갑게 식어간다.

하지만 그와는 상관없이 평온한 목소리로 말을 이어갔다.

"음, 그럼 일단 안 집사님을 만나서 먼저 얘기를 해야겠네요."

[아! 그게 안도 같이 참석해야 하는 자리여서요. 일이 마무리되는 대로 연락을 드리도록 할게요.]

"……알겠습니다. 그럼, 연락 기다리겠습니다."

전화를 끊고 레이아와 곽현민이 들어간 D.K 그룹의 빌딩을 바라봤다.

한겨울 꽁꽁 언 얼음처럼 차가워진 마음과 달리 머릿속은 복잡하기 그지없었다.

[영원한 친구도 적도 없는 거야.]

증평에서 봤던 영화의 대사가 떠올랐다.

과연 다음 만남에서 안 집사와 레이아는 내게 무슨 말을 할까?

걱정이 단지 기우로 끝날 수도 있지만, 반대로 현실이 될 수도 있다.

그리고 그렇게 된다면, 나 역시 마찬가지로 선택할 필요가 있었다.

그렇게 되는 걸 바라지는 않지만 말이다.

"……부디 이해할 수 있는 답을 가지고 있었으면, 좋겠네요."

안성우는 느닷없이 레이아와 같이 회장실을 찾은 KV 전자의 사장 곽현민을 보고 눈살을 찌푸렸다.

미리 약속이 되어 있지 않은 것도 그렇지만, 만남이 있더라도 이렇게 회사에서 만날 일은 더더욱 아니었기 때문이었다.

이런 안성우의 심기를 눈치 챈 레이아가 재빠르게 말했다.

"여기 곽 사장님께서 기부와 관련해서 재단을 찾아오셨어요. 얘기를 하다가 회장님 얘기가 나왔고, 일전에 회장님께서도 만나보시겠다는 의향이 있다고 하셔서 모셨는데, 너무 갑작스러웠다면 죄송합니다."

공식적인 자리인 만큼 레이아는 안성우를 회장으로 불렀다.

안성우 또한 이미 손님이 찾아온 상황에서 화를 낼 수는 없었기 때문에 이내 마음을 가라앉히고 곽현민을 자리로 안내했다.

"일단 앉으시죠."

"하하! 감사합니다. 혹시라도 회장님께 문전박대를 당하지는 않을까 걱정했는데 다행입니다. 그럼, 실례를 무릅쓰고 일단 자리에 앉겠습니다."

분위기를 살피던 곽현민이 넉살 좋은 웃음을 흘리며 자리에 앉았다.

그 모습을 바라보며, 안성우가 머릿속에 있는 기억 중에서 KV 그룹과 곽현민에 대한 것을 끄집어냈다.

'소문이 사실이었군. 아니, 오히려 소문이 못한 감이 있어.'

올해 나이 35살.

현 KV 그룹 회장의 차남인 곽현민은 집안의 장남이자 부회장인 형 곽진석과는 4살 터울이었다.

바로 위로는 2살 차이인 누나 곽진희가 있었는데, 그녀는 10년 전 당시 KV 그룹의 재정적인 문제를 해결하기 위한 방책으로 아버지의 뜻을 따라 제일 은행의 은행장이었던 김성주의 아들과 혼인을 했다.

덕분에 KV 그룹은 대출 연장은 물론 추가 대출금까지 받아 내며 재정적인 압박에서 빠져나올 수가 있었다.

마지막으로 막내인 곽소연은 올해 26살로, 일찍이 공부와는 담을 쌓고 지냈다.

어차피 공부를 한다고 해도, 두 오빠와는 달리, 자신의 역할이 언니인 곽진희와 다를 바 없다는 것을 알고 있었기 때문이었다.

정략결혼.

재벌가의 자식으로 태어난 이상 감당해야만 하는 저주이자 족쇄였다.

그렇기 때문에 곽소연은 혼처가 정해지면 군말 없이 시집을 갈 테니, 그동안은 자신의 삶에 간섭을 하지 말라고 아버지에게 못을 박았다.

아버지인 곽도원은 그녀의 제안을 수락했고, 덕분에 곽소연은 일 년에 한두 번을 제외하고는 언제 끝날지 모르는 자유를 외국에서 마음껏 즐기고 있는 중이었다.

이처럼 4명의 자식 중에서 두 명의 딸은 일찌감치 그룹과는 거리가 멀어진 상황이었다.

만약 네 명의 자식이 모두 아들이었다면, 둘째인 곽현민이 KV 그룹에서도 알짜배기인 전자의 사장 자리에 오르는 건 결코 쉽지 않았을 것이다.

물론 곽현민이 단지 오너의 가족이자, 아들이라는 이유만으로 KV 전자의 사장 자리에 오른 건 아니었다.

어릴 때부터 머리가 비상했던 그는 후계 구도에서 살아남기 위해서는 철저하게 자신의 능력을 입증하는 방법밖에 없다는 사실을 깨달았다.

또 열 번의 성공을 거둔다 한들 한 번의 실패로 인해 이전까지의 실적이 송두리째 무너질 수 있다는 사실도 일찍 알았다.

그래서 곽현민은 어린 시절부터 자신의 능력을 키우고 실패는 최소한으로 하는 삶을 살았다.

그리고 현 KV 그룹의 회장이자 자신의 아버지가 다른 형제들을 숙청하고 회장의 자리에 오른 그 시점에 본격적으로 그룹의 일에 뛰어들면서 자신의 능력을 선보였다.

그렇게 갖은 고생을 겪고 차지한 것이 지금의 KV 전자 사장 자리였다.

그 때문일까?

그룹 내의 젊은 피라고 할 수 있는 사람들은 대부분 KV 그룹의 다음 회장으로 곽현민을 밀고 있는 실정이었다.

"사장님께서 여기까지는 어쩐 일이십니까? 기부와 관련된 얘기라면, 여기 있는 이사장과 나눠도 충분했을 텐데요?"

안성우의 지적에 곽현민이 미소를 지었다.

"역시 안 회장님이십니다. 소문대로 빙빙 돌려서 말하는 걸 싫어하시는군요. 맞습니다. 기부는 핑계고 사실은 사업과 관련해 논의할 사항이 있어서 레이아 이사장님과 만났습니다."

"사업과 관련된 얘기라면, 따로 할 말이 없을 것 같군요. 자리를 비켜드릴 테니, 레이아와 마저 얘기를 나누는 게 좋을 것 같습니다."

안성우가 자리에서 일어나려고 하자 레이아가 재빨리 말했다.

"안! 잠깐만요. 미스터 곽은 정말 좋은 사업 제안을 가지고 왔어요. 얘기를 들어 보면, 분명 안도 생각을 다시 하게 될 거예요."

상황이 다급했던지, 곽현민이 앞에 있음에도 평상시

안성우를 대하던 말투로 내뱉은 레이아였다.

곽현민이 이어서 입을 열었다.

"제게 정확히 10분만 주시기 바랍니다. 그 안에 회장님의 마음을 돌리지 못하면, 깔끔하게 자리에서 일어나겠습니다."

사실 대기업의 사장인 박현민이 이렇게 말하는 것 또한 지극히 이례적인 일이었다.

그의 위치라면, 결정권을 위임하고 임원급인 이사나 전무를 보내도 되는 일이었기 때문이다.

반대로 그렇기 때문에 안성우는 불편함을 느꼈다.

이렇듯 자신 있게 말하는 것으로 봐서 얘기를 끝까지 듣고 나면, 자신의 마음이 흔들릴 게 분명했다.

"……5분 듣도록 하겠습니다."

"그 정도면 충분합니다."

빙그레 미소를 지은 곽현민이 본격적으로 사업과 관련된 얘기를 꺼냈다.

"KV 그룹에서 제가 중점적으로 운영하고 있는 곳은 전자와 자동차 부문입니다. 그중에서도 제가 제일 공을 들이고 있는 부분이 전자이지요. 그렇기 때문에 저희는 작년까지 미국 구스와 계약을 맺고 인공지능 시스템을 비롯한 각종 첨단 전자장비 개발에 막대한 예산을 쏟아부었습니다."

미국계 기업인 구스는 인공지능 분야에서는 전 세계 최고라고 알려진 회사였다.

"그 결과 인공지능 분야에서 최근 가시적인 성과를 거둘 수 있었고, 기술개발의 특허 또한 성공적으로 마무리할 수 있었습니다."

"축하드립니다."

안성우는 덤덤한 목소리로 축하의 인사를 건넸다.

"감사합니다. 하지만 잘 아시듯 최첨단 기술이 있다고 해서 꼭 돈을 벌 수 있는 건 아니죠. 세상이 그 기술을 필요로 하고 그 기술을 녹여낼 수 있는 적합한 플랫폼이 마련되어야지만, 기술로 세상을 바꿀 수 있다고 저는 생각합니다."

"좋은 마인드군요. 하지만 그것과 오늘 이 자리가 무슨 상관이 있는 겁니까?"

"저희가 개발한 기술과 결합했을 때 세상을 바꿀 수 있는 플랫폼. 전 그 플랫폼이 나이트 북이라고 생각합니다."

나이트 북은 D.K 그룹의 주력 사업인 소셜 서비스로, 월간 사용자만 무려 15억 명에 다다르는 네트워크 서비스였다.

이는 업계 1위인 페이머스 북에 이어서 크게 뒤떨어지지 않는 성적이었다.

또한, 최근 페이머스 북의 사용자들이 지속적으로 감소

하는 것에 반해, 나이트 북의 사용자는 지속적으로 늘어나는 추세였다.

이대로 1년만 지나면 업계의 순위가 뒤바뀔지도 모른다는 예측도 나오고 있었다.

"이번에 개발한 기술을 나이트 북에 제공하고 싶다는 겁니까?"

"바로 그겁니다."

"어떤 기술인지 몰라도 그만큼 대단한 기술이라면, 차라리 페이머스 북 쪽에 제안하는 게 좋지 않습니까? KV 그룹이라면, 그쪽과 만나는 건 그리 어렵지 않을 텐데요?"

TIME
Roulette
타임룰렛

Chapter 110. 현실이란 이름

현재 페이머스 북의 기업 가치는 450조.

세계적인 명성으로 보자면 페이버스 북의 인지도가 높다고 할 수 있지만, KV 그룹의 기업가치 역시 페이머스 북과 비교했을 경우 크게 뒤떨어지지는 않았다.

당연히 정식적인 절차를 통해 사업과 관련한 만남을 요청한다면, 안성우의 말대로 두 회사 간의 만남이 성사되는 건 크게 어려운 일이 아니었다.

"맞습니다. 하지만 전 페이머스 북보다 나이트 북이 저희가 이번에 개발한 GPF시스템과 더 잘 어울린다고 생각합니다."

"GPF?"

"Global People Friend. 전 세계인에게 그들이 필요로 하는 친구를 만들어 줄 수 있는 시스템입니다."

"친구를 만들어 준다?"

"페이버스 북과 나이트 북 모두 시스템의 기본 골자는 비슷합니다. 잘 알거나 혹은 모르는 사람을 인터넷상을 통해 관계를 맺게 도와주는 플랫폼이죠. 다만, 차이가 있다면 플랫폼을 구성하는 인공지능의 차이라고 할까요?"

곽현민이 주머니에서 휴대폰을 꺼내 테이블 위에 올려놓았다.

그리고는 메인 화면에 있는 페이머스 북을 실행시켰다.

"페이머스 북에 행복과 관련된 단어를 입력하면, 이렇게 행복이란 단어가 들어간 모든 게시물이 검색됩니다."

화면에는 행복이란 단어가 들어간 수많은 사진들이 떠올랐다.

"반면, 나이트 북의 검색은 좀 더 세분화되어 있죠."

페이머스 북을 종료시킨 곽현민이 이번에는 나이트 북을 실행했다.

"행복이란 메인 검색어를 두고 연령을 비롯해서 사는 곳, 취미 등등 그 밖에 다른 것들을 모두 아울러서 검색할 수 있습니다. 이 때문에 사용자는 나와 같은 지역에 살면서 같은 취미를 지니고 연령대도 비슷하며, 지금 행복한 사람의 게시물을 찾을 수 있죠."

나이트 북이 업계 1위인 페이머스 북을 무서운 속도로 추격할 수 있는 이유가 바로 지금 곽현민이 말한 시스템이었다.

"그런데 여기에 만약 이런 시스템이 들어가면 어떨까요?"

안성우가 물끄러미 곽현민을 쳐다봤다.

이미 약속했던 5분이란 시간은 지났다.

하지만 그는 그에 관해서는 별다른 말없이 곽현민의 얘기를 경청하고 있었다.

그 사실을 아는 곽현민이 빙그레 웃으며 말을 이었다.

"어찌 됐든 페이스 북과 나이트 북을 이용하는 이들은 원하는 게시물을 찾기 위해서 계속해서 검색, 즉 액션을 취해야 합니다. 하루하루 바쁜 일상을 살아가는 현대인에게 있어 꽤 많은 시간을 소비하는 일이죠. 그래서 저희는 소비자의 니즈를 파악해서 그 니즈와 가장 비슷한 형태를 지니고 있는 사람을 찾아 공감대를 형성하게 해주는 시스템, GPF를 개발했습니다."

"소비자의 니즈를 파악해서 가장 비슷한 니즈를 지닌 사람을 찾아준다는 말이 무슨 뜻입니까?"

"예를 들어 오늘 저녁에 자신과 비슷한 또래의 사람과 동네에서 술을 한 잔 마시고 싶다는 생각이 있다면, GPF

시스템을 이용해서 이런 니즈를 입력해두면 됩니다. 그럼, GPF 시스템이 실시간으로 계속 그와 같은 니즈를 파악해서 소비자가 원하는 타이밍에 그와 같은 니즈를 지닌 사람과 연결이 되는 시스템입니다. 즉, 사용자가 원하는 욕구를 실시간으로 파악하고, 그와 같은 욕구를 지닌 사용자를 연결해 준다는 것이 이 시스템의 핵심이라고 할 수 있습니다."

"으음."

안성우의 입에서 감탄이 흘러 나왔다.

곽현민은 오프라인 기능을 예로 들어 설명했지만, 이는 단순하게 오프라인에 국한된 기능이 아니었다.

사람은 자신이 관심 있는 것을 다른 사람과 공유하거나 혹은 대화를 하고 싶은 욕망이 있다.

다만 이러한 것들을 여과 없이 드러낼 경우 남들이 이상하게 바라볼 수 있기 때문에 숨기는 경향이 강하다.

하지만 자신의 실제 모습을 드러내지 않으면서도 좋아하는 것에 대해 마음껏 얘기하고 공유할 수 있다면?

굳이 큰 노력을 들이지 않아도 공감대를 가지고 있는 사람과 만날 수 있는 공간이 생긴다면 어떨까?

영화, 애니, 요리, 춤, 연애, 취업 등등 공감대를 형성할 수 있는 주제는 무궁무진하니, 시간이 흐른다면 사람들의 관심이 커질 것은 자명한 일이었다.

그리고 그렇게 되면 부가적으로 제2차, 제3차 수익을 올릴 수 있는 구조가 자연스럽게 만들어질 것이다.

"하지만 GPF 시스템의 단점은 이용자가 적은 플랫폼을 활용한다면, 니즈가 충족되는 사람과의 공감대 형성이 불가능하다는 겁니다. 저희 쪽 계산으로 이 문제를 해결해 줄 수 있는 이용자의 숫자는 최소 10억 명. 현재 그게 가능한 플랫폼은 페이머스 북과 나이트 북밖에 없는데……."

싱긋 웃은 곽현민이 말을 이었다.

"저는 업계 1위와 손을 잡고 왕국을 단단하게 하는 것보다는 후발주자의 반란으로 판도를 뒤집는 쪽이 개인적으로 더 마음에 들어서 말입니다."

"물론 당연히 그게 계약을 할 때 더 유리하기 때문이겠죠?"

잠자코 듣고 있던 레이아가 입을 열자 곽현민이 고개를 끄덕였다.

"그런 부분도 없지 않다는 건 부정하지 않겠습니다. 하지만 저희가 개발한 GPF 시스템과 나이트 북이 결합됐을 경우 가장 이상적인 결과를 만들어 낼 수 있다고 판단했기 때문에 지금의 제가 이 자리에 있는 겁니다."

안성우가 고개를 끄덕였다.

"곽 사장님의 말대로 확실히 매력적인 시스템입니다. 하지만 이미 그 시스템의 전반적인 사항을 말한 이상 우리

쪽에서 자체 개발을 하는 것도 불가능한 건 아닙니다."

"D.K 그룹의 기술력과 자본력이라면 가능할 거라고 생각합니다. 하지만 그렇다고 해도 이미 미국에 가 있는 저희 부사장보다는 빠르지 않을 것 같은데요?"

"이 자리에 처음부터 올인하실 생각은 없으셨군요."

레이아의 지적에 곽현민은 그저 웃을 뿐이었다.

웃음의 의미는 명백했다.

이 자리에서 답을 주지 않는다면, 페이머스 북과 일을 진행하겠다는 무언의 압박이었다.

안성우의 미간이 깊게 파였다.

확실히 GPF시스템은 현존하는 소셜 네트워크 서비스와 결합할 경우 막대한 파급 효과를 가져 올 것이다.

그런데도 KV 전자에서 자체적으로 소셜 네트워크 서비스를 신설하지 않고 굳이 페이머스 북과 나이트 북 둘 중에 한 곳을 파트너로 삼고자 하는 것은 발 빠르게 시장을 선점하지 않는다면, 앞선 두 곳에서 유사한 기능을 만들어 낼 만한 기술력을 지녔기 때문이었다.

'페이머스 북과 GPF시스템이 결합하면…….'

현재 조금씩 흔들리고 있는 페이머스 북은 당연히 날개를 달고 더 높은 곳으로 날아갈 것이다.

D.K 그룹에서 뒤늦게 관련 기술을 개발한다고 해도 현재 플랫폼에 적용할 때가 되면, 상대는 또 다른 업그레이드

버전을 내놓을 게 분명했다.

그만큼 IT 산업은 한 번 뒤떨어지기 시작하면, 어지간한 기술과 자본력이 없는 이상은 뒤집을 수 없는 구조와 환경으로 이뤄졌기 때문이었다.

[안! 당신은 D.K 그룹의 오너라고요. 당신을 믿고 따르는 임원들과 직원들도 생각해야죠!]

고민하는 안성우의 머릿속에 레이아가 했던 얘기가 떠올랐다.

헬조선이라고 불리는 한국의 기업 문화를 생각해 보자면, 레이아의 말은 억지나 다름없었다.

하지만 안성우는 지금의 D.K 그룹이 있기까지 헌신적으로 노력해 온 직원들에 대해서 단 한 번도 잊은 적이 없었다.

미국에서 진행된 기업 만족도 조사에서 87.6%로 D.K 그룹이 1등을 차지할 정도였으니 말이다.

"회장님 이건 우리에게 있어 정말 좋은 기회예요. 물론 회장님이 무엇 때문에 고민하고 있는지 알고 있지만, 전후 사정을 설명한다면 그도 분명히 이해해 줄 것이라고 믿어요."

잠시 눈을 감고 생각에 잠겨 있던 안성우가 이내 천천히 고개를 끄덕였다.

"……실무진을 불러 관련해서 논의를 해봅시다. 계약은 그 뒤에 논할 문제 같군요."

"물론입니다. 오늘은 이렇게 긍정적인 답변을 받은 것만으로 만족합니다."

곽현민이 만족스러운 얼굴로 미소를 지었다.

레이아 역시 곽현민을 바라보며 덩달아 미소를 짓고 있었다.

오로지 안성우만이 굳은 얼굴로 두 사람 뒤로 비치는 창밖의 풍경을 바라볼 뿐이었다.

레이아가 거짓말을 했다는 점에서 이미 경종은 울렸다.

같이 있던 상대가 바로 KV 전자의 사장 곽현민이었기 때문이다.

최악의 경우 D.K 그룹과 KV 그룹이 손을 잡을 수 있다는 상황도 가정해야 한다.

그룹이라는 게 개인이 절대적인 권력을 쥐고 있는 것이 아닌 만큼, 레이아가 자신과 뜻이 맞는 사람들과 동조해서 안성우를 압박할 수도 있기 때문이었다.

물론 정말 최악의 경우는 안성우 또한 레이아의 생각에 동조하는 것이다.

그리고 지금의 나는 후자의 상황까지 염두에 둘 필요가
있었다.

"후우, 좀 더 빠르게 움직였어야 했어."

우려하는 상황이 벌어졌을 경우 즉각 대처를 하기에는
지금의 내가 가진 힘이 부족했다.

"아무래도 다시 한 번 룰렛을 돌려야 할 시기가 온 것 같
은데."

지금의 상황을 효과적으로 타개할 수 있는 방법은 룰렛
밖에 없다.

하지만 이전처럼 절박한 상황은 아닌 만큼 충분한 준비
와 계획이 필요했다.

다행히 지금의 내게는 준비할 수 있는 포인트와 적절한
수단이 존재했다.

"우선은 3차 면접이 끝나면, 룰렛을 돌려야겠네."

일단은 현재의 일을 대략적으로 정리하는 게 먼저였다.

지금과 같이 상황이 복잡한 상태에서 룰렛을 돌려 봤자,
정작 여행지에서 제대로 된 능률을 올릴 수 없기 때문이었
다.

"그럼, 일단은……"

쏴아아-

휴대폰을 꺼내려는 찰나 이상한 기분이 느껴졌다.

주변을 둘러봤지만, 특별하게 보이는 것은 없었다.

하늘을 뚫을 듯 뾰족하게 솟아 오른 고층 빌딩, 길가를 걸어 다니는 사람들, 도로 위를 오가는 차량, 도심을 날아 다니는 비둘기.

언제나 서울 도심에서 흔히 볼 수 있는 모습 들이다.

그런데 이 느낌은 뭘까?

마치 누군가가 날 바라보고 있는 기분이 들었다.

'그러고 보니 그때도 이런 느낌이 몇 번 있었지.'

대한 호텔의 커피숍에서 기자를 만날 때도 이와 비슷한 기분을 느낀 적이 있었다.

그 전을 짚어보자면, 학교에서도 몇 번 이와 같은 느낌을 받았다.

당시에는 단지 기분 탓이라고 여겼지만, 안성우와 레이아의 일이 있기 때문일까?

별 것 아닌 일이 사실은 큰일이 될 수 있다는 것을 깨달았다.

'정말 내 착각인지 아니면 다른 게 있는지 알아보면 되겠지.'

스윽―

주변을 살피는 것을 멈추고 처음과 마찬가지로 자연스럽게 휴대 전화를 꺼내 귀에 가져다 댔다.

"네, 그 일은 어떻게 처리됐습니까? 아, 그래요? 거기까지는 미처 파악하지 못했는데 감사합니다. 참, 혹시 지금 시간 어떻습니까? 괜찮으시면……."

처음에는 크게, 그리고 걸음을 옮기면서 목소리의 크기를 점차 줄여 나갔다.

마치 주변을 의식해서 중요한 얘기를 숨긴다는 듯.

그렇게 신경을 주변으로 집중하면서 빌딩 숲 사이로 천천히 걸음을 옮겼다.

만약 내 생각이 맞는다면, 내 움직임을 따라 그 이상한 느낌도 움직일 게 분명했다.

'아니라면 단순히 내 착각이겠지.'

한 걸음, 그리고 다시 한 걸음.

걸음을 옮길 때마다 내 오감은 확장되어 퍼져 나갔다.

그렇게 계속 통화를 하는 척하면서 300m 정도 걸었을까?

'확실히 누군가 있다. 그것도 한 명이 아니야.'

일반적인 경우 300m 되는 거리를 도보로 같이 이동하는 경우가 얼마나 될까?

물론 학교를 가거나 지하철이나 버스를 타기 위한 경우라면 300m가 아니라 그 이상도 같은 방향으로 걸을 수 있을 것이다.

하지만 이곳은 도심 한복판.

그것도 내가 걸어온 길은 빌딩 숲 사이사이에 있는 길이다.

이런 길을 300m나 우연히 같이 걷는다?

그 정도의 인연이 있는 사람이라면, 남자와 여자일 경우 당장 결혼을 해도 무방할 것이다.

저벅— 저벅—

자연스레 걸음을 옮기며 빌딩 숲을 빠져나온 뒤, 통 유리로 되어 있는 커피숍 앞으로 다가갔다.

툭—

"이런."

왼쪽 손아귀의 힘을 풀자, 손에 쥐고 있던 휴대폰이 그대로 미끄러져 땅에 떨어졌다.

자연스레 휴대폰을 줍는 척하면서 시선을 통 유리로 옮겼다.

'100m, 야구모자에 카메라를 쓴 남자가 한 명.'

조금 전 빠져 나온 빌딩 숲의 골목길.

그곳에 카메라와 함께 야구 모자를 쓰고 있는 남자가 고개만 살며시 내밀고 있는 모습을 확인했다.

행색을 토대로 기억을 더듬어 봐도 분명 처음 보는 남자였다.

'그리고 반대쪽 150m. 트레이닝복에 귀에 이어폰을 끼고 여자가 또 한 명.'

남자가 있는 곳보다 조금 뒤쪽 반대편에 이어폰을 끼고 있는 트레이닝복 차림의 여성이 보였다.

겉모습만 본다면, 어디서나 볼 수 있는 평범한 차림이었다.

다만 한 가지.

손목에 차고 있는 스마트 시계.

그 시계의 방향이 너무 티가 나게 내가 있는 방향으로 고정되어 있었다.

마치 기브스를 착용하고 있는 자세와 같다고나 할까?

혹시나 하는 생각으로 휴대폰을 집고 몸을 크게 틀었다.

그러자 반사적으로 여성이 손목에 차고 있는 스마트 시계의 방향도 움직였다.

'상황을 보니까 일단 둘이 한편은 아닌 것 같은데. 어디서 나온 사람일까?'

만약 두 명이 같은 곳에 소속되어 있다면, 사용하는 장비나 행색이 같거나 혹은 서로 간의 어떠한 신호라도 있었을 것이다.

하지만 두 사람에게는 그러한 점이 전혀 느껴지지 않았다.

'흠, 일단 한 명을 잡아야 할 것 같은데. 누구를 잡아야 하나.'

단순히 생각해 본다면, 거리가 가까운 남자 쪽이 유리하다.

하지만 위치한 곳이 빌딩 숲의 골목이기 때문에, 남자가 주변 지리를 사전에 파악하고 있어서 도망칠 경우 놓칠 가능성도 농후했다.

반면, 여자 쪽은 거리는 남자보다 멀지만 길이 원만하다는 장점이 있었다.

하지만 주변을 오가는 사람들이 있어 자칫 괜한 오해를 받을 수도 있었다.

'여성이 소리라도 지르면서 도와달라고 하면, 꼼짝 없이 경찰서행이지.'

선의를 베풀고도 오해를 받는 경우나 정당한 행동을 했음에도 오히려 욕을 먹는 일들이 우리 사회에는 빈번했다.

만약의 상황을 고려한다면, 역시 여자보다는 남자 쪽이 리스크가 적었다.

결정을 내린 뒤 잠시 호흡을 골랐다.

"후우."

차가운 공기가 입안으로 들어오는 순간, 두 다리에 힘을 굳게 주고는 땅바닥을 박차고 달렸다.

목표는 빌딩 숲 골목길 사이에서 고개를 빼놓고 사진을 찍고 있는 사내였다.

육상 100m 세계 기록은 우사인 볼트가 지닌 9초 58로 10초가 채 되지 않는다.

얼핏 보면 10초가 상당히 긴 시간일 수도 있지만, 수학적으로 따지고 보면 10m를 1초도 되지 않아서 주파한다는 말이었다.

쉽게 생각해서 대형 버스의 길이가 대략 10m에서 11m
정도이니, 눈 한 번 깜짝이는 사이에 그만한 거리를 훅훅
지나가는 게 된다.

그리고 당연한 얘기지만, 기술력은 떨어질지 몰라도 지
금의 내 신체조건은 100m 세계 신기록을 보유한 우사인
볼트에 비해 높으면 높았지 결코 뒤떨어지지는 않았다.

즉, 다시 말해서 평범한 일반인이 달음박질로 따돌릴 수
있는 속도가 아니란 것이다.

"이, 이런 씨발!"

달려오는 날 한발 늦게 발견한 사내가 욕설을 내뱉고는
급히 카메라를 챙겨 몸을 돌렸다.

바보 같은 판단이다.

차라리 욕설을 내뱉는 시간을 아끼고 카메라를 포기, 일
단 무조건 도망치는 것에 집중한다면 일말의 희망이라도
있었을 것이다.

하지만 그가 이렇게 바보같이 시간을 허비해 준 덕분에
100m의 거리를 순식간에 50m까지 좁힐 수 있었다.

"거기 서!"

서라고 해서 말을 들을 상대였다면, 애초에 도망가지도
않았겠지만.

그래도 일단 얘기는 해봤다.

당연히 사내는 내 말을 무시하고 전력을 다해 달렸다.

그 모습은 오히려 사내가 날 감시하고 있었다는 확신을 줬다.

탓!

두 다리에 더욱 힘을 줘서 발을 내딛자 사내의 뒷덜미가 사정거리 안에 들어왔다.

'됐다.'

오른손을 뻗어 재빨리 상의를 잡아당겼다.

휙!

"으헉!"

앞으로 달려 나가려던 사내가 비명과 함께 철퍼덕 소리를 내며 뒤로 자빠졌다.

"으악!"

사내의 입에서 고통 섞인 비명이 흘러나왔다.

슬쩍 보니 허리 부분에 깔린 돌멩이가 보인다.

자연스레 눈살이 찌푸려졌다.

저건 조금 아플 것 같지만, 머리가 아닌 게 다행이다.

저벅- 저벅-

사내의 앞으로 걸어가서 허리를 숙였다.

나와 눈이 마주치자 인상을 찌푸리며 비명을 내지르던 사내가 말했다.

"너, 너 이 새끼 뭐야!"

"그건 내가 해야 할 소리 아닌가?"

사내의 나이는 나보다 많아 보였지만, 지금 상황에서 존댓말을 할 생각은 없었다.

"뭐?"

"어디 보자."

사내의 말을 무시하고 바닥에 떨어진 카메라로 손을 뻗었다.

그러자 놀란 사내가 고통에도 불구하고 재빨리 몸을 일으켜 세운다.

착!

몸을 일으킨 사내가 품에서 꺼낸 것은 손바닥보다 조금 작은 롱가 나이프였다.

"그거 그대로 두고 당장 꺼져라. 그러면 안 다친다."

"몰래 감시한 것도 모자라서 칼까지 꺼내?"

"꺼지라고 했지!"

"좋게 말할 때 칼 치워라."

"새끼, 웃기고 있네."

사내가 위협적으로 소리침과 동시에 손에 들고 있던 롱가 나이프를 앞으로 찔렀다.

슈악!

재빨리 한 걸음 뒤로 물러나서 몸으로 들어오는 롱가 나이프를 피했다.

그대로 있었다가는 옷이 찢어지는 것은 물론 옆구리에 큰 상처를 입었을 것이다.

'칼을 쓰는 데 일말의 망설임도 없다. 이 사람 칼을 쓰는 게 처음이 아니네.'

초보자라면, 칼을 쓰는 데 있어 두려움과 공포를 가지기 마련이었다.

만약 그런 게 없다면, 그 사람은 둘 중의 하나라고 할 수 있다.

미친놈이거나 그게 아니라며 이미 같은 경험이 있거나.

내 판단에 눈앞의 사내는 후자였다.

슉! 슉!

"이 새끼가 뭘 계속 쳐다보고 있어! 당장 안……."

말이 끝나기에 앞서 곧장 발을 들어 사내의 턱을 걷어찼다.

퍽!

"크악!"

고통 가득한 비명이 흘러나온다.

상대가 제법 칼을 써봤다고 해도 중세 시대, 조선의 검객, 특수 부대만큼 써봤겠는가?

앞서 말한 사람들이 되고 그 시대의 칼을 쓰는 사람들과 싸운 경험이 있는 내게 있어 눈앞의 사내는 크게 위협이 되는 존재가 아니었다.

더욱이 사내는 이미 악인이라는 확신에 가까운 심증을 내게 만들어준 상황이다.

몰래 숨어서 도촬을 한 것도 모자라서 칼까지 찌르지 않았던가?

이 정도의 반격이면 아주 신사적인 것이라고 할 수 있다.

'후우, 그나저나 역시 남자 쪽을 선택하길 잘했네.'

빌딩 숲의 외진 골목이다 보니, 지나가는 사람도 보이지 않고 비명을 질러도 바람 소리에 쉽게 묻힌다.

만약 여자 쪽을 쫓아가서 이런 짓을 벌였다면?

아마 인터넷과 뉴스 기사에 당장 내가 저지른 일로 도배가 됐을 것이다

그리 되면, 당연히 내가 사법 고시 1차와 2차 합격자라는 사실도 밝혀지게 될 것이다.

대한민국 네티즌수사대의 위력은 국정원은 물론 FBI나 CIA에 버금갈 정도였다.

그럴 경우 남은 결과는 뻔하다.

아무리 수석이라 한들 이런 사회적 물의를 일으킨 사람을 대한민국 사법시험 합격자로 임명해 줄 면접관은 없을 것이다.

툭.

바닥에 떨어진 롱가 나이프를 한쪽으로 걷어차고 바닥에 놓인 카메라를 집어 들었다.

"어디 보자. 이거 제법 많이 찍었네?"

카메라에는 다양한 각도에서 찍은 여러 사진이 담겨 있었다.

개중에는 레이아와 곽현민을 바라보고 있는 사진 또한 있었다.

'음, 이걸 보면 레이아 쪽에서 시킨 건 아닌 것 같은데. 대체 누구지?

당장 머릿속에서 떠오르는 사람은 두 사람이었다.

슥―

카메라에 찍힌 사진을 사내에게 앞으로 들이밀며 말했다.

"누가 시켰어?"

고통으로 인해 턱을 감싸고 있던 사내가 소리를 질렀다.

"대체 누가 뭘 시켰다는 거야!"

"그럼, 이유도 없이 이런 사진을 찍었다?"

"그, 그게 취미 생활로……."

취미 생활?

취미 생활로 사내가 사내를 수십 장 넘게 찍어?

"너 같으면 그 말을 믿겠냐?"

"……."

빠악!

"크악!"

오른손으로 뒤통수를 때리자 사내가 양손으로 머리를 감싸고 고개를 푹 숙였다.

"누가 시켰어? 박 팀장이 시켰나?"

뒤통수를 감싸고 있던 사내가 슬그머니 고개를 들었다.

그런 그를 향해 다시 물었다.

"박 팀장이야?"

"그, 그래! 박 팀장이다."

"정말 박 팀장이란 말이지?"

다시 묻는 물음에 사내가 버럭 소리를 내지른다.

"뭘 자꾸 물어! 박 팀장이라고!"

가볍게 웃음을 흘리고는 사내의 뒤통수를 다시 시원스럽게 때려줬다.

빡!

"크윽."

"이게 어디서 약을 팔아?"

사내가 대답을 함과 동시에 몸에서 붉은 기운이 흘러나오다 못해 아주 넘치고 있었다.

당연히 내 질문에 대한 대답은 거짓말이라는 소리였다.

"자, 다시 물어볼게. 누가 시켰어?"

고통으로 인상을 찌푸리고 있던 사내가 이를 악물었다.

빠득―

"너 이 새끼. 미쳤냐? 뒷감당 어찌하려고 그러냐?"

"왜 경찰에 신고라도 하려고?"

경찰이라는 소리에 사내의 입꼬리가 올라갔다.

"크크. 경찰? 오히려 그 녀석들한테 잡히는 게 행복할 거다. 아니 잡혀서 감방에 들어가면 똑같지. 네놈이 어디에 있든 반드시 그 뒷감당을 치르게 할 테니까."

"후우, 뒷감당이라……."

윤철환 경위도 그렇지만 항상 나쁜 짓을 저지른 놈은 매번 이런 식이다.

일은 본인들이 벌이고 그 뒷감당은 오히려 피해를 본 사람에게 강요한다.

"두 병밖에 안 남아서 아껴 써야 하는데."

"뭐?"

"정말 다음 여행지에서는 이 악물고 포인트를 벌어야겠네."

"이 새끼가 아까부터 뭐라고 지껄이는 거야!"

"이 악물어라."

콰직!

말이 끝남과 동시에 사내의 손가락을 잡아 그대로 뒤로

꺾어 버렸다.

　이번에 사용할 것은 네이비 씰의 훈련 교관이었던 마이클 도먼의 기억.

　그중에서도 고문에 관한 것이다.

Chapter 111. 흥신소

"으어…… 잘못…… 살려…… 크어…… 주세요."

옷이 찢기고 입술이 터졌다.

손가락이 뒤틀리며 온몸에 시퍼런 멍이든 사내가 죽는 소리를 토해냈다.

그 모습을 물끄러미 바라보던 나는 아무런 말없이 사내 의 품속을 뒤져 지갑을 꺼냈다.

[붉은 전갈 흥신소]

[이태민 대리]

명함의 앞면에는 흥신소라는 글자와 함께 붉은 전갈 알베로가 새겨져 있었다.

"흥신소 사람이었네. 이름은 이태민?"

"……."

"음, 처음부터 다시 시작해야 하나."

우드득–

"아, 아닙니다. 맞습니다! 제가 이태민입니다."

처음이라는 말이 흘러나오자 소스라치게 놀란 이태민이 미친 듯 고개를 끄덕였다.

몸에서 푸른 기운이 흘러나오는 것을 보면, 진실이었다.

"자, 그럼 다시 원점으로. 흥신소에서 날 왜? 누가 시킨거야?"

"그, 그게 본래 고객에 대한 정보는 절대 말을 하면 안됩니다."

"후우."

한숨과 함께 그나마 멀쩡한 두 개의 손가락 중 하나를 마저 꺾었다.

콰직–

"크아악!"

"손가락이 끝이라고 생각하지 마. 발가락도 남았으니까. 또 우리 몸에는 뼈가 참 많으니까."

부르르—

공포에 질려 몸을 떨던 이태민이 입술을 움직였다.

"……의, 의뢰를 한 건 외국인이었습니다."

"외국인?"

"네. 어설프지만 한국말을 사용하는 외국인이었는데, 그쪽 사진을 주면서 한동안 따라다니며 무슨 짓을 하고 다니는지 알려 달라고 했습니다."

이태민의 몸에서는 여전히 푸른 기운이 흘러나오고 있었다.

지금의 얘기는 진실이라는 소리였다.

"그 외국인 혹시 여자야?"

머릿속에 제일 먼저 떠오른 것은 다름 아닌 레이아였다.

이태민이 고개를 저었다.

"아닙니다. 남자였습니다."

"남자라……."

이 또한 진실.

하지만 외국 남자 중에서 흥신소를 이용해서 날 조사할 만한 사람이 있을까?

"그것 말고 더 아는 건?"

"어, 없습니다."

대답을 하는 이태민의 푸른 기운에 엷은 붉은 기운이 함께 감돌기 시작했다.

이런 경우는 진실도 거짓도 아닌 답변이 애매한 경우에 나타나는 현상이었다.

말없이 하나 남은 이태민의 손가락을 향해 오른손을 뻗었다.

"진짜 없습니다! 진짜 더 없다고요!"

그러자 화들짝 놀란 이태민 몸을 뒤로 뺀다.

하지만 굴하지 않고 손을 내뻗자 이태민이 눈을 질끈 감고 소리쳤다.

"……군인! 군인 같다고 했습니다!"

"군인? 그냥 되는 대로 말하는 거 아니야?"

"아, 아닙니다. 진짜입니다!"

대답을 들으니 더 추측이 어려워진다.

외국인 군인이 대한민국의 흥신소를 이용해서 내 뒷조사를 하고 있다?

"저희 사무실에 미군 부대에 드나들던 놈이 있는데, 그 놈이 그랬습니다. 흥신소에 왔던 흑인 말투가 군인들이 쓰던 말투라고요. 그래서 군인이라고 말한 겁니다."

"으음."

대체 뭘까?

"그 외국인 이름은?"

"이름은 모릅니다. 다만……."

눈치를 보던 이태민이 조심스럽게 말했다.

"애들을 시켜서 뒤를 밟아 보니, 지금 웨스턴 호텔 901호에 묵고 있습니다."

이미 몇 번 호되게 당했기 때문인지 이태민은 순순히 아는 사실을 털어 놓았다.

웨스턴 호텔이면, 강남에 있는 5성급 호텔이었다.

'분명 이대로 두면 오늘 일이 귀에 들어갈 거고. 그리 되면 꼬리를 잡기는 더 힘들어질 거야.'

상대의 정체를 짐작조차 하지 못하는 상황에서 혹 자취를 감추기라도 하는 날에는 앞으로 어떤 골치 아픈 일이 벌어질지 알 수 없는 노릇이었다.

그렇다면, 차라리 상대가 짐작하지 못하는 지금 반대로 내가 역습을 가하는 게 나을 수도 있었다.

"휴대폰 줘봐."

"네?"

"휴대폰!"

"여, 여기 있습니다."

이태민이 조심스레 주머니 들어 있던 휴대폰을 꺼냈다.

이미 앞서 두들겨 맞는 상황에서 액정은 이리저리 금이 간 상황이었다.

"그 사람 번호는?"

"어, 없습니다. 찍은 사진들은 항상 정해진 장소에 퀵으로 보내왔습니다."

이번에도 몸에서 푸른 기운이 흘러 나왔다.

이미 거짓말을 해봐야 소용없다는 것을 깨달은 것이다.

"그렇단 말이지."

우지끈!

"내 아이폰!"

휴대폰을 바닥에 두고 발로 밟자 이태민이 울상을 지으며 소리쳤다.

'연락처가 없다고 해도 내 입장에서는 조금이라도 시간을 버는 게 유리하니까.'

현실적으로 지금의 내 상황에서 이태민을 감금하는 것과 같은 조치는 취할 수 없었다.

그렇다고 기억을 지우는 스킬이 있는 것도 아니다.

그나마 최선의 방법은 내가 떠나고 난 뒤에 외부와 연락할 방법을 최대한 늦추는 것뿐이었다.

'요즘 같은 세상에 번호를 외우고 다니는 사람들은 드무니까.'

휴대폰에게서 시선을 거두고 몸은 숙여 이태민의 손을 잡았다.

"흐익!"

"좀 아플 거야."

우둑- 우두둑-

"끄아아!"

힘을 사용해서 억지로 꺾은 뼈마디를 다시 맞추자 이태민의 입에서 비명 소리가 토해졌다.

오히려 맞을 때보다 더 괴로운 목소리였다.

그러나 그 비명 소리 또한 수십 층의 빌딩 사이에서 갈 곳을 잃은 바람에 의해 묻힐 뿐이었다.

"허억…… 허억……."

거친 숨을 헐떡이며 토해 내는 이태민을 잠시 바라보다가 타임 포켓에 손을 넣어 남아 있는 두 개의 급속 치료 알약 중 하나를 꺼냈다.

〈타임 포켓〉

내구도: 100/100

설명: 여행을 떠나는 여행자에게 꼭 필요한 상품입니다.

현세와 여행한 곳의 물건을 포켓에 담아 자유롭게 가지고 다닐 수 있습니다.

물건을 포켓에 담을 때는 그 가치만큼 1회에 한해서 TP를 소모합니다.

단, 정산의 방에서 구매한 물건은 TP가 소모되지 않습니다.

주의 사항: 해당 물건은 여행자를 제외하고는 보이지 않는 상품입니다.

포켓이 파손되면 안에 담긴 물건 역시 망가질 수 있습니다.

〈급속 치료 알약〉

종류: 소모성

횟수: 0/1

설명: 30초에 걸쳐 자신의 외상과 내상을 빠르게 치료합니다. 단, 잘려진 신체 부위는 재생되지 않습니다.

사용 방법: 적당한 물과 함께 알약을 섭취합니다.

주의 사항: 해당 상품은 소모성으로, 횟수를 모두 사용하면, 자동 소멸됩니다. 이미 목숨이 끊어진 상태에서는 해당 제품의 효과가 발동되지 않습니다.

잠시 바라봤던 건 순간적인 고민 때문이었다.

굳이 내 뒤를 밟고 몰래 사진을 찍은 인간을 이렇게까지 치료해 줄 필요가 있을까?

하지만 바들바들 떨고 있는 이태민을 바라보니 마음 한편에서 동정심이 치밀어 올랐다.

'그래도 선을 넘은 건 아니니까.'

과격한 말을 내뱉긴 했지만, 가족을 건들거나 혹은 인간으로서 도저히 용납하지 못할 짓을 한 건 아니었다.

"먹어."

타임 포켓에서 꺼낸 알약을 그의 앞으로 내밀었다.

"네?"

갑자기 나타난 병의 모습에 놀라던 이태민이 먹으라는

192

소리에 얼굴이 하얗게 질리며, 뒷걸음질 치기 시작했다.

"다…… 당신……."

"같은 말 계속 반복하게 하지 말고. 먹으라고 할 때 먹어."

"살려 주십쇼! 다시는…… 다시는 이런 짓 안 하겠습니다. 제발 살려 주십쇼!"

"아저씨, 죽긴 왜 죽어? 독약 같은 거 아니니까 먹어."

"싫습니다! 절대 안 먹습니다. 난 죽기 싫다고요!"

윤철환 경위와는 달리 이태민은 입을 굳게 다물고는 필사적으로 저항을 하듯 고개를 흔들었다.

"후우. 진짜 사람 피곤하게 하네."

결국, 내가 선택할 수 있는 건 극단적인 선택뿐이었다.

"읍! 읍!"

필사적으로 고개를 돌리는 이태민의 머리를 부여잡고 억지로 손에 들고 있던 알약을 그의 입속으로 밀어 넣었다.

"……한 방울이라도 흘리면, 진짜 죽는다."

그렇게 알약을 이태민의 입에 밀어 넣고 잠깐의 시간이 흘렀을까?

세상 다 산 사람 같은 표정을 짓고 있던 이태민이 깜짝 놀란 얼굴로 자신의 몸을 살폈다.

시퍼렇게 피어올랐던 멍은 가라앉았고 손가락과 몸에서 느껴지던 고통도 사라진 것이다.

더듬거리며 입술을 만져보니, 터져 있던 부분이 그새 아물어 있었다.

"……."

멍한 눈으로 쳐다보는 이태민을 향해 메모리 카드를 빼낸 카메라를 던졌다.

휙-

"이번에는 이렇게 끝내지만, 그쪽이나 그쪽 회사 사람이 이렇게 몰래 촬영하는 거 다시 한 번 걸리면, 진짜 각오하는 게 좋을 거야. 아! 복수하고 싶으면 나한테 다시 찾아와도 상관없어. 하지만 그때는……."

있는 힘껏 발에 힘을 줘서 시멘트 바닥을 내리찍었다.

쾅!

마치 폭탄이 떨어진 것과 같은 소리와 함께 발로 내리찍은 시멘트 바닥이 움푹 파였다.

꿀꺽-

그 모습을 지켜보던 이태민의 얼굴이 다시 하얗게 질렸다.

'뭐, 이 정도면 됐겠지.'

적당한 무력시위까지 보여줬다.

그런데도 이 뒤에 귀찮게 군다면 그때에는 나 역시 손에 사정을 둘 생각이 없었다.

가진 능력과 힘을 이용해서 철저하게 상대를 지워 버릴 것이다.

적의가 있는 상대를 어중간하게 내버려 두는 것이 얼마나 위험한 일인지 깨달았기 때문이다.

"그럼, 이만 간다."

주저앉아 있는 이태민을 놔두고 빌딩 숲의 골목길을 빠져 나와 대로변을 향해 걸음을 옮겼다.

목표는 웨스턴 호텔.

이태민이 말한 외국인들이 있는 곳이다.

Chapter 112. 웨스턴 호텔

웨스턴 호텔은 서울 강남에 있는 5성급 호텔로 세계 최
대의 다국적 호텔 체인점 소속이다.

국내에서는 메리어트나 힐튼에 비해서 다소 명성이 떨어
진다.

하지만 그에 비해 서울 강남에 있는 웨스턴 호텔은 앞서
말한 두 곳의 호텔보다 교통편이 유리한 곳에 입점해 있다
는 장점이 있었다.

저벅— 저벅—

이태민과 헤어진 뒤 곧장 웨스턴 호텔을 찾은 나는 로비
의 직원에게 901호에 연락을 취해 줄 것을 요청했다.

"실례지만, 901호에 계신 손님과 어떤 관계인지 여쭤 봐도 되겠습니까?"

"아는 동생입니다."

"아는 동생이요?"

안내 직원이 내 겉모습을 위아래로 빠르게 훑어봤다.

'그러고 보니 외국인에다가 군인 말투를 쓴다고 했지.'

이태민이 했던 얘기가 머릿속에 빠르게 스쳐 지나갔다.

"형들이 군인인데, 휴가로 한국에 놀러 왔습니다. 그래서 제가 오늘 안내를 해주기로 했는데, 뭔가 문제가 있네요?"

내 입에서 흘러나온 말은 한국어가 아닌 유창한 영어였다.

그제야 안내 직원이 의심의 눈초리를 지우고는 처음과 마찬가지로 방긋 미소를 지었다.

"그렇군요. 연락을 취해 보겠습니다. 잠시만 기다려 주세요."

유창한 영어 때문일까?

직원은 별다른 의심 없이 수화기를 집어 들었다.

만약 조금만 더 생각을 해봤다면, 분명 내 말에 이상한 점이 있다는 것을 눈치 챘을 것이다.

애초에 휴대폰으로 연락을 하면 되는 것을 굳이 호텔의 로비까지 찾아와서 연락을 해달라고 했으니까 말이다.

수화기를 집어 든 안내 직원을 뒤로하고 머릿속으로 이태민에게 얻은 정보들을 하나둘 조합하기 시작했다.

군인, 외국인, 흥신소, 사진 등등 연관된 것들을 조합해 보면, 외국인 군인이 한국 흥신소를 이용해서 내 뒷조사를 했다는 말이 된다.

그럼 대체 왜 그랬을까?

나와 접점이 될 만한 게 무엇이 있을까?

"아!"

그러다 문득 머릿속에 스쳐 지나가는 생각.

'왜 그걸 잊고 있었지?'

머릿속에 떠오른 생각.

그건 얼마 전 미국 LA에서 내 정보를 모으는 움직임이 있었다는 나이트의 얘기였다.

그때 분명 나이트는 상대가 자신과 같은 부류의 인공지능일 것이라고 했다.

만약 미국 LA에서 내 정보를 모으던 그들이 움직인 것이라면?

아무런 관계가 없던 외국인 군인이라는 것에 접점이라는 선 하나가 새롭게 생겨나게 된다.

"손님? 손님!"

"네?"

"괜찮으세요? 몇 번을 불렀는데 대답이 없으셔서."

"아, 잠시 뭘 좀 생각하느라. 죄송합니다."

"901호 손님께서 로비로 내려오신다고 합니다. 잠시 기다리시면 될 것 같아요."

"감사합니다."

안내 직원에게 감사의 인사를 전하고 시선을 엘리베이터가 있는 방향으로 옮겼다.

'그만큼 자신이 있다는 건가?'

일부러 만남을 피할 수도 있다고 생각했다.

애초에 직접 만날 의향이 있었다면, 굳이 흥신소 따위는 이용하지 않았을 테니까 말이다.

그런데 이제 와서 직접 나를 만나겠다는 의도는 뭘까?

'혹시 내가 찾아올 줄 알았던 건가?'

머릿속에 다양한 생각이 스쳐 지나갔다.

그러는 사이 엘리베이터에서는 다양한 사람들이 타고 내리기를 반복했다.

그중에는 동양인은 물론 다양한 국가의 사람들이 섞여 있었다.

애초에 웨스턴 호텔은 세계 각국에 체인점이 존재하는 만큼 한국을 찾은 외국인들이 즐겨 사용하는 곳이었다.

덕분에 엘리베이터를 바라보면서 내가 유심히 살필 수밖에 없는 건 이태민이 말한 군인과 같은 특징뿐이었다.

'저 사람은 머리카락이 너무 길어. 반대편은 운동과는

전혀 거리가 멀어 보이고. 그 옆에 있는 사람은 나이가 너무 많은 것 같은데?

하나둘 엘리베이터에서 내리는 사람을 관찰하고 있을 무렵이었다.

뚜벅– 뚜벅–

묵직한 발자국 소리가 뒤쪽에서 느껴졌다.

단지 발걸음 소리를 들었을 뿐인데, 자연스레 긴장감이 몰려왔다,

스윽–

고개를 돌려 뒤쪽을 쳐다보자, 그곳에는 족히 2m는 되어 보이는 키에 거구를 지닌 흑인이 입에 도넛을 물고 서 있었다.

양손에도 도넛이 담긴 박스가 가득 들려 있었다.

'……쉽지 않겠는데.'

지금까지 내가 봤던 현대의 인물 중에서 가장 위험하다고 느낀 사람은 박무봉이었다.

그는 손을 섞어 보지 않아도 확실히 인간병기라는 느낌이 들었다.

그리고 오늘 그와 같은 느낌을 또 다시 받았다.

흑인 거한 또한 날이 잘 벼려진 한 자루의 검처럼 보였다.

잠깐이지만 그와 싸운다는 상상을 해보니, 지지는 않겠

지만 쉽지 않겠다는 생각이 들자 손바닥에 땀이 송골송골 맺혔다.

"헤이~ 롱가. 그 녀석이 우리를 찾아왔다던데?"

뒤쪽에서 들리는 영어.

시선을 다시 돌리자 목에 헤드폰을 두르고 있는 힙합차림의 외국인 남성이 보였다.

"그 녀석? 갑자기 무슨 소리야. 알베로, 너 술이 덜 깬 거 아니야?"

롱가라 불린 흑인이 걸음을 옮겨 내 옆으로 다가왔다.

거리를 두고 봤을 때는 그냥 크다는 생각이 들었는데, 실제로 옆에 서니 그냥 큰 정도가 아니라 엄청 컸다.

내 키가 183cm 정도라는 걸 감안해도 최소 머리 두 개 정도는 더 차이가 나는 것 같았다.

"그게 아니라 그 녀석이 찾아왔다는 전화가 왔다고! 이 멍청아!"

"전화? 우리가 여기 있는 건 어떻게 알고?"

"그건…… 후우. 넌 생각이란 게 없냐? 질문밖에 할 줄 몰라? 멍청한 자식."

"이 자식이!"

폭발하려는 롱가를 뒤로하고 알베로가 안내 데스크의 직원을 향해 고개를 돌렸다.

"헤이, 레이디. 아까 우리를 찾아왔던 사람 어디 있어?"

201

"아! 901호 투숙객이신가요? 여기 이분께서 아시는 동생이라고 말씀을 하셔서……."

움츠려 있던 안내 직원이 눈치를 보며 조심스레 뒷말을 삼켰다.

바보가 아닌 이상 지금의 상황이 뭔가 이상하다는 것을 눈치 챈 것이다.

연락을 해달라는 사람은 아는 사람이라고 말을 했는데, 정작 로비로 내려온 그들은 그 사람을 아는 척도 하지 않고 있었으니까 말이다.

엉뚱한 사람이 괜히 피해를 받을 수 있기 때문에 재빨리 입을 열었다.

"롱가 그리고 알베로."

두 사람의 대화를 통해 알게 된 이름을 불렀다.

서로를 노려보던 롱가과 알베로의 시선이 내게로 향했다.

알베로가 입꼬리를 말아 올렸다.

"헤~ 너구나. 마스터가 말했던 아시아의 그 동양인이?"

마스터?

머릿속에 또 하나의 정보가 추가로 기록되었다.

"뭐? 이 어린놈이 그라고?"

도넛 상자를 들고 있는 롱가의 팔뚝이 터질 것처럼 꿈틀거렸다.

하지만 그 모습에 긴장할 필요는 없다.

애초에 무력시위를 할 녀석들이었다면, 흥신소 따위를 이용해서 사진이나 찍으라고 하지도 않았을 것이다.

그리고 지금 있는 곳은 대한민국 수도인 서울.

그것도 번화가의 중심인 강남 소재의 호텔 로비다.

이런 곳에서 소란을 피웠다가는 호텔 보안팀 소속의 경호원은 물론 10분도 지나지 않아서 경찰이 떼로 몰려올 것이다.

아직 놈들의 신분을 정확히 알 수는 없지만, 분명 놈들 못지않은 신분을 지닌 사람이 호텔에 묵고 있을 확률이 높기 때문이다.

스윽—

자연스레 손을 들어 롱가가 들고 있는 도넛 상자를 가리켰다.

"저기로 가서 커피나 한잔합시다. 커피는 내가, 도넛은 그쪽이 들고 있는 것으로."

국정원 소속의 최지원이 타깃을 놓쳤다는 보고를 2팀에 올릴 무렵.

국정원 1팀은 국정원의 대회의실에 모여서 심각한 표정

으로 스크린을 바라보고 있었다.

그건 자리의 맨 앞에 앉아 있는 여성 또한 마찬가지였다.

"어이가 없네."

스크린을 바라보던 여성이 입에 물고 있던 담배를 테이블 위 유리에 신경질적으로 비벼 끄며 중얼거렸다.

그러나 장내에 모인 1팀 중에서 그녀의 행동을 보고 눈살을 찌푸리거나 화를 내는 사람은 아무도 없었다.

맞은편에 앉아 있는 1팀장 장성호 역시 마찬가지였다.

담배를 테이블 유리에 비벼 끈 여성.

그녀는 국정원에서 통칭 No.3라고 불리는 김일희 국장이었기 때문이었다.

"그러니까 인터폴에서 녹색 수배서를 발부한 인물이 일주일 전에 국내로 들어왔는데, 그걸 이제 알았다?"

인터폴.

190개국의 회원국을 가진 세계최대 국제 경찰조직.

국제범죄를 막고 대처하는 임무를 목적으로 하는 기관인 인터폴은 상황에 따라서 총 6개의 수배서를 발부한다.

적색의 수배서는 체포, 청색의 수배서는 국제 정보 조회, 황색 수배서는 가출인 수배서, 흑색 수배서는 변사자 수배서, 오렌지 수배서는 테러범 혹은 위험인물 경고 수배서.

그중 방금 김일희가 말한 녹색 수배서는 상습적으로 범행을 범하거나 그럴 우려가 있는 국제범죄자의 동향을 파악, 범행 방지를 위한 목적으로 발행되는 종류였다.

"그것도 인터폴에서 한국 경찰에 먼저 공문을 보낸 뒤에 말이지?"

날이 서 있는 김일희의 목소리에 회의실 안에 모여 있는 1팀은 꿀 먹은 벙어리마냥 입을 다물고 시선을 회피했다.

그 행동에 김일희가 다시금 마음에 들지 않는다는 표정으로 훑어보자 1팀장인 장성호가 재빨리 입을 열었다.

"그게 놈들이 전세기를 타고 와서 그렇습니다. 또 하필 그 전세기가 미국 제럴드 회장의 것인 바람에…… 공항에서 미처 파악을 하지 못한 모양입니다."

"제럴드 회장? 그 미국의 황금 손?"

김일희의 반문에 장성호가 고개를 끄덕였다.

"국장님도 알고 계시겠지만, 국빈 방문 같은 경우에는 따로 검색을 하지 않습니다."

"나 참, 장 팀장! 그래서 지금 제럴드 회장이 우리나라에 들어왔어? 전세기만 그 인간 것이고 들어온 놈들은 국제 범죄자 아니야!"

"그건 공항 측에서……."

"그래서 당신은 아무런 잘못이 없다? 그게 지금 국정원 안전보안 팀장이란 사람이 할 소리야?"

"……."

장성호가 입을 다물었다.

마음 같아서는 당장 자리에서 일어나 들이박고 싶지만, 그랬다가는 김일희는 사생결단을 내자고 달려들 게 분명했다.

그녀의 별명은 국정원 No.3 이외에도 미친개, 마녀, 불독 등등 더러운 성격을 나타내는 상징만 수십 개였기 때문이다.

"그래서, 이놈들이 대체 무슨 목적으로 한국에 들어온 거야?"

"⋯⋯."

고요한 침묵이 주변에서 감돌자 김일희가 어이없는 웃음을 지었다.

"설마 그것도 파악 못했어?"

"⋯⋯혀, 현재 백방으로 알아보는 중입니다."

대답이 흘러나온 곳은 스크린 옆에 서 있던 국정원 1팀 소속의 박동균이었다.

김일희의 시선이 자신에게로 향하자 박동균이 몸을 한번 떨고는 입가에 고인 침을 삼켰다.

"파, 파악한 것으로 현재 국내에 들어온 사람은 세 명입니다."

"그건 아까 했던 말이지 않나?"

"세 명은 롱가, 알베로, 그리고 통칭 프린스라고 불리는 인물입니다. 이 중에서 롱가는 영국 특수부대인 SAS 출신으로 전역 이후 용병으로 활동했습니다. 알베로는 미국 출신인데 백악관은 물론 FBI의 기밀자료도 해킹했던 해커입니다. 프린스라는 남자에 대해서는 그가 미국인이라는 것 이외에는 따로 알려진 게 없습니다. 현재 이들은 모두 증권계의 황금 손이라 불리는 제럴드 회장의 개인 용병 집단인 팀 루시퍼에서 활동하고 있습니다."

"루시퍼?"

김일희가 한껏 화가 났던 표정을 풀었다.

오늘 회의실에 오고 나서 처음으로 흥미가 있을 만한 단어가 나왔기 때문이었다.

"그 얘기 좀 더 자세히."

박동균이 리모컨을 조작해서 스크린의 화면을 띄웠다.

화면에는 제럴드 회장을 중심으로 수십 명에 이르는 사람들의 사진이 연결되어 있었다.

하지만 그중 절반 이상은 물음표로 처리되어 있었다.

"해당 자료는 인터폴에게서 받은 것으로, 좀 전에 말씀 드린 제럴드 회장의 개인 용병 집단인 루시퍼에 관한 것입니다. 확인 결과, 팀 루시퍼는 6년 전 제럴드 회장이 금융계에서 본격적으로 두각을 나타낼 무렵 창설된 것으로 파악되고 있습니다. 루시퍼에 속한 이들은 유럽, 아시아, 동남아에서 최고의 용병으로 활동하던 이들로, 용병이 되기 전에는 특수부대 혹은 국가의 정보기관에서 일하던 이들이 대부분입니다."

"한마디로 스페셜리스트들이란 소리네."

"네, 그렇습니다. 또 인터폴의 추측에 따르면, 팀 루시퍼에 소속된 이들이 용병으로 활동했을 경우 벌어들인 수입을 감안하면, 팀의 유지를 위해 연간 사용되는 돈은 대략 1억 달러로 보고 있습니다."

"1억 달러?"

1억 달러면 한화로 대략 1,000억이었다.

이는 국정원 전체 운영비보다 많은 액수였다.

"완전 돈 먹는 귀신들이군."

"1억 달러도 대략적인 수치이지, 아마 실제로는 더 많을 겁니다."

김일희가 고개를 끄덕이며 중얼거렸다.

잠시 스크린의 인물들을 바라보며, 생각을 하던 김일희가 손가락을 까닥거렸다.

"계속."

박동균의 말이 이어졌다.

"가장 최근 들어온 정보에 의하면, 팀 루시퍼에는 팀장을 제외하고 3명의 부팀장이 있다고 합니다. 그리고 그 부팀장 중에서 한 명이 통칭 프린스라고 알려진 이자입니다."

삑—

리모컨 조작과 함께 스크린에 CCTV에 찍힌 외국인의 모습이 떠올랐다.

"이자가 그 프린스라는 남자인가? 생긴 건 잘생겼네."

"⋯⋯."

"그래서 지금 국내로 부팀장 1명과 팀원 2명이 들어왔는데. 그 녀석들 목적이 뭐라고 생각해?"

얘기가 다시 원점으로 돌아왔다.

앞에서 발표를 하던 박동균도, 1팀장 장성호도, 다른 1팀 소속의 요원들도 꿀 먹은 벙어리가 되었다.

"후우."

그들을 바라보던 김일희가 한숨을 내쉰다.

정보가 필요한 이유는 애초에 대상이 무슨 목적을 가졌는지를 파악하기 위해서였다.

정보가 아무리 많아봤자 그 목적을 모른다면, 정보를 왜 모으겠는가?

"좋아, 목적은 앞으로 차차 밝히기로 하고. 그래서 위치 파악은?"

김일희의 다음 질문에 굳어 있던 장성호의 얼굴이 조금은 풀렸다.

"강남에 있는 웨스턴 호텔입니다."

"3명 모두?"

"그렇습니다."

"그럼, 지금 당장 다른 팀 협조 요청 넣어서 그쪽으로 애들 파견하고, 24시간 감시하도록 해. 인원 부족해서 안 된다고 하면, 내 방으로 올려 보내고. 내가 친히 교육시켜 줄 테니까."

"알겠습니다."

"그리고 다음 주부터 국빈 방문이 있다는 건 알고 있지?"

다음 주부터는 중국을 시작으로 미국과 5개국 대통령의 방문이 예정되어 있었다.

이 때문에 정부에서는 테러를 비롯한 각종 위험 요소를 파악 및 차단하는 데 최선을 다하고 있었다.

국빈이 방문한 시점에 사고라도 터진다면, 그건 곧 그 국가의 격이 실추되는 것은 물론 정치, 경제, 사회적으로 큰 문제가 될 수 있기 때문이었다.

이로 인해 군과 경찰은 이미 몇 개월 전부터 내부적으로 비상태세인 상황이었다.

드르륵-

김일희가 앉아 있던 자리에서 일어나며, 품속에서 담배를 꺼내 불을 붙였다.

착-

"후우. 혹시라도 국빈 방문 때 문제 생기면, 나는 물론이고 너희들도 끝장이야. 잘 좀 하자. 내가 위로 올라가야

1팀장 자네도 올라가고 또 자네 밑에 있는 애가 팀장 달거 아니야? 그러니까 이번 기회에 좀 잘해봐. 그래야 내가 힘을 쓰더라도 쓰지."

위라는 소리에 처음부터 끝까지 굳어 있던 장성호의 얼굴이 봄날에 눈이 녹듯 사르르 풀렸다.

빈말일 수도 있지만, 김일희가 다른 팀장들에게는 이런 빈말조차 하지 않는다는 것을 알고 있기 때문이었다.

장성호가 입가에 미소를 짓고는 말했다.

"절대 실망시키지 않겠습니다."

커피숍을 오가는 사람들의 힐끔힐끔 쳐다보는 시선이 느껴졌다.

하긴 그럴 만도 한 것이 동양인 남자와 큰 덩치의 흑인, 힙합 복장의 백인이 같이 앉아 있는 장면은 한국에서 쉽게 볼 수 있는 것은 아니었기 때문이다.

아니, 정정한다.

한국뿐만 아니라 외국에서도 쉽게 볼 수 있는 모습은 아니다.

'대체 뭐 하는 녀석들이지?'

맞은편에 앉아 있는 롱가와 알베로를 보고 있으니 의문이 치솟았다.

확실히 롱가는 붉은 전갈 홍신소 이태민의 말대로 군인과 같은 느낌이 물씬 풍겼다.

반면, 옆에 앉아 있는 알베로는 군인 특유의 느낌은 전혀 느껴지지 않았다.

굳이 표현하자면, 사고뭉치의 대학생을 보는 느낌이었다.

"헤에. 실제로 보니까 사진보다 더 어려 보이네. 마스터가 대체 왜 이 어린 녀석에 관심을 보인 걸까?"

"고작 저 녀석 때문에 이곳까지 와야 했다니. 알베로, 프린스는 뭐라고 했지?"

"프린스에게는 말 안 했는데? 계속 자고 있거든."

"아직도 잔다고?"

"뭐, 하루 이틀인가. 마음에 들지 않으면, 네가 가서 깨워 보지? 볼 만할 것 같은데."

알베로와 롱가는 로비에서와는 달리 영어가 아닌 다른 언어로 대화를 나눴다.

'이것 봐라. 프랑스어로 대화를 나눠?'

앞에 앉아 있는 날 의식했기 때문이겠지만, 내게는 영어는 물론 프랑스어도 문제가 없다.

뿐만 아니라 지금 쓰는 말과는 조금 다르지만, 대화 수준이라면 중국어와 일본어 역시 가능했다.

다름 아닌 이산의 기억이 있기 때문이었다.

하지만 아직 상대에 대해서 파악하지 못한 상황에서 내가 가진 이점을 미리 노출시킬 필요는 없었다.

두 사람의 대화를 알아듣지 못한 기색으로 묵묵히 대기하고 있다가 말이 끝나는 시점에 영어로 물었다.

"단도직입적으로 묻지. 이곳에 내 뒤를 밟으라고 지시한 사람들이 당신들이지?"

스윽-

품속에서 꺼낸 것은 이태민에게서 빼앗은 흥신소의 명함이었다.

테이블 위에 올린 명함을 손으로 집어 들은 롱가가 피식 웃었다.

그러고는 집어 든 명함을 자신의 입에 집어넣었다.

'이것 봐라?'

지금의 행동은 일종의 기선 제압인 셈이었다.

평범한 일반인이었다면, 이 모습에 단번에 기가 죽었을 것이다.

아니, 외국인만 만나도 주눅이 드는데 2m가 넘는 흑인 거한을 마주 보는 것만으로도 호흡이 가빠질 것이다.

하지만 내가 보기에 롱가의 행동은 유치하고 귀여울 뿐이었다.

우적- 우적-

누런 치아로 명함을 산산조각 내어 씹은 롱가가 트림을
내뱉었다.

꺼억-

"동양인, 아까 뭐라고?"

"취향 한번 독특하네. 이럴 줄 알았으면 명함을 박스로
들고 올 걸 그랬나."

"뭐?"

"난 명함보다 커피와 도넛이 좋다고."

앞에 놓인 따듯한 커피와 달콤한 도넛을 손가락으로 가
리켰다.

인상을 찌푸리는 롱가를 뒤로하고 알베로에게 시선을 옮
겼다.

"다시 질문. 왜 흥신소로 내 뒤를 밟은 거야?"

"간단해. 인터넷에서 구할 수 있는 너에 대한 정보들은
엉망진창이었거든. 아주 이상할 정도로 말이야."

알베로가 자신의 앞에 놓인 도넛을 집어 한입 베어 물었
다.

우물- 우물-

"……꿀꺽. 그래서 흥신소를 이용했지. 듣자 하니 한국
의 흥신소는 돈만 주면 오늘 대통령이 입은 팬티 색도 알
아봐 준다고 하던데? 물론 오늘 보니까 소문과 달리 아주
형편없었지만 말이야. 의뢰인의 정보를 이렇게 쉽게 발설

하다니. 미국에서는 아마추어도 이 정도는 아니라고."

알베로의 몸에서 푸른 기운이 흘러나온다.

지금의 말은 진실이라는 소리였다.

"좋아. 그런데 이상하네. 난 거기 앉은 두 사람과 안면도 없고 외국은 한 번도 나간 적이 없는데, 대체 무슨 이유로 내 정보를 조사한 걸까? 내 장기라도 필요해?"

실제로 과거 중국의 한 부호는 신장 수술을 위해 사람을 고용, 각국에서 자신과 신장이 맞는 사람을 찾은 적도 있었다.

알베로가 인상을 찌푸리며 말했다.

"헤이, 네 장기는 필요 없어. 그리고 특별한 이유는 없고. 단지 우리 마스터가 너에 대해서 궁금해했을 뿐이야. 우린 마스터에게 돈을 받는 처지니까 시키는 대로 일을 할 뿐이고. 이제 이해가 되나?"

또 다시 마스터라는 소리가 흘러 나왔다.

혹시 그 마스터라는 인간이 프린스라는 사람인가?

잠시 생각을 하다가 이내 고개를 저었다.

알베로와 롱가가 프린스와 마스터를 거론할 때의 어감이 달랐다.

둘 다 그들보다 상급자로 보이기는 했지만, 굳이 따지자면 프린스라는 사람보다는 마스터가 윗사람이라는 느낌이 강했다.

"그 마스터라는 사람은 누구지?"

"어이, 동양인! 너 지금 너무 건방지다는 생각은 안 드나 보지? 우리가 질문에 순순히 대답해주니까 네놈이 뭐라도 된 줄 알아?"

계속되는 질문에 롱가가 눈을 부라리며 주먹을 들어 올렸다.

"롱가, 거기까지."

"왜?"

"이쪽 방면의 전문가는 네가 아니라 나야. 그 정도는 알고 있잖아? 아니면, 이곳에서 네 방식대로 해결할 거야? 프린스가 잠에서 깨면, 별로 좋아할 것 같지 않은데."

"하지만……."

"너도 들었겠지만, 프린스는 분명 소란을 피우지 말라고 했어. 그래도 굳이 일을 벌이겠다면, 내가 빠지고 나서 하라고. 괜히 싸잡아서 욕먹는 건 사양이니까."

"끄응."

얼굴이 일그러지며, 신음을 삼키는 롱가에게 알베로가 말을 이었다.

"알아들었으면, 그렇게 무서운 표정 짓지 말라고. 그러다 동양인 꼬마가 오줌이라도 지리면 어떻게 하려고? 아, 그 정도였으면 우리를 찾아올 생각은 안 했겠네. 킥."

킥킥거리던 알베로의 시선이 내게로 향했다.

"아무튼, 마스터는 그냥 마스터야. 그 이외에 다른 설명은 필요 없으니까 그렇게만 알아 두면 되고. 우린 앞으로도 마스터가 내린 명령대로 계속 널 주시할 거야. 그러니까 찜찜하고 기분이 나빠도 좀 참아."

"……같은 짓을 또 하겠다고?"

어떤 태도를 보이는지 보기 위해 잠자코 있었지만, 갈수록 하는 짓이 가관이었다.

하지만 이런 반응에도 불구하고 알베로는 태연한 얼굴로 고개를 끄덕였다.

"그래, 그리고 지금 이 자리에 롱가와 내가 앉아 있는 건 앞으로 귀찮게 계속 찾아오지 말라는 의미야. 네놈이 찾아올 때마다 만나고 싶은 마음은 없으니까. 혹시 이번처럼 흥신소에서 뒤를 밟는다고 해도 그냥 무시해. 마스터가 네게서 관심을 거두면, 자연스럽게 끝이 날 테니까. 더 할 말 있나?"

웃어야 하나? 아님 화를 내야 하나?

계속해서 미친 소리를 아무렇지도 않게 하는 알베로를 바라보니, 어이가 없었다.

세상에 누가 있어 자신을 미행하고 사진을 찍는데 좋아할까?

스토킹은 엄연히 범죄에 속하는 행위였다.

"없는 것 같은데, 롱가 그만 일어나자고. 마지막으로 당부하지만, 동양인 꼬마. 내 말 명심하는 게 좋을 거야. 이렇게 보여도 우린 아주 무서운 사람들이거든. 흐흐."

말을 끝낸 롱가와 알베로가 자리에서 일어섰다.

알베로가 내 어깨를 툭툭 건드리며, 지나갈 때였다.

나는 말없이 호주머니에서 휴대폰을 꺼냈다.

[그래서 흥신소를 이용했지. 듣자 하니 한국의 흥신소는 돈만 주면 오늘 대통령이 입은 팬티 색도 알아봐 준다고 하던데? 물론 오늘 보니까 소문과 달리 아주 형편없었지만 말이야.]

손에 든 휴대폰에서 알베로의 목소리가 그대로 흘러나왔다.

당황한 그가 급히 고개를 뒤로 돌렸다.

난 그런 그를 향해 손에 들고 있는 휴대폰을 흔들어 보여 줬다.

"한국 경찰이 무능해도 말이야. 재야에 숨어 있는 대한민국 네티즌들은 아니거든. 모르긴 몰라도 이 녹음 파일과 너희 두 사람 사진을 인터넷에 올리면, 내일 이 시간이면 한국의 온갖 사이트에 너희 목소리와 사진이 돌아다니고 있을걸? 한국 시민을 협박한 외국인이라는 제목과 함께 말이야. 그럼, 경찰과 검찰이 어떤 입장을 취할까? 무시? 아니면 조사?"

아무리 조사하기 껄끄러운 사건도 언론이 움직이면 얘기가 달라진다.

펜이 칼보다 강하다는 말이 어째서 나왔겠는가?

감추려고 해도 언론에서 이슈가 되면, 경찰과 검찰은 울며 겨자 먹기로 뭔가 하는 시늉이라도 해야 하는 게 지금의 세상이었다.

'이 둘을 조사하면, 뭔가 나올 확률이 100%야.'

두 사람이 하는 짓을 보면, 이런 일이 처음이 아니라는 것쯤은 묻지 않아도 알 수 있다.

모르긴 몰라도 분명 화려한 전적을 가지고 있을 것이다.

"와우! 휴대폰으로 녹음을 할 줄은 생각도 못했네. 프린스가 있었으면 크게 혼났겠어. 그런데, 보이. 그걸로 협박을 할 생각이었으면 우리가 이 자리에서 사라질 때까지 감췄어야지. 바보 같기는. 헤이, 롱가!"

알베로가 어깨를 으쓱거리고는 롱가를 불렀다.

"말하지 않아도 알고 있다."

내가 들고 있는 휴대폰을 향해 롱가가 어른 허벅지만 한 왼쪽 팔뚝을 뻗어왔다.

하지만 이런 행동쯤은 이미 예상한 범위였다.

'이 녀석들이 머리가 아니라면, 머리가 나오게끔 해야지. 제 발로 말이야.'

뻗어오는 롱가의 팔을 향해 나 역시 피하지 않고 팔을 내밀었다.

알베로가 그 모습을 보더니, 내 의도를 눈치 채고 웃음을 토했다.

"푸하하! 이제 보니 미친놈이잖아? 동양인치고 체구가 건장하기는 하지만, 그래도 롱가와 힘으로 맞서려 하다니."

비웃는 알베로뿐만 아니라 누가 보더라도 날 미친놈처럼 생각할 것이다.

겉모습만 보고 판단했을 경우 롱가와 내 신체조건은 비교할 대상이 아니었다.

더군다나 롱가는 모든 인종을 통틀어서 압도적인 신체 능력을 가지고 있다고 알려진 흑인이지 않는가?

하지만 나 역시 아무런 생각 없이 이와 같은 짓을 저지른 것은 아니었다.

'패기!'

롱가의 팔을 잡기 직전 혹시나 하는 생각으로 패기를 발동했다.

[상대가 패기에 저항합니다.]
[상대가 저항에 성공했습니다.]

'쳇, 패기는 역시 안 통하나?'

순간 롱가가 움찔거리는 모습이 보였지만, 그뿐이었다.

윤철환, 이태민과는 달리 롱가는 패기의 영향을 받지 않 았다.

이는 롱가의 수준이 나와 비교했을 경우 그리 차이가 나 지 않는다는 것이었다.

콰악―

그리고 그 순간 나와 롱가가 서로의 팔을 움켜쥐었다.

"롱가, 적당히 해. 이런 곳에서 팔을 부숴 버리면 곤란하 니까."

알베로가 날 바라보며 비웃음 섞인 얼굴로 말했다.

그런 알베로를 향해 난 가볍게 웃어줬다.

'언제까지 그런 표정을 지을 수 있나 보자.'

담담한 내 모습에 알베로가 이상함을 느낄 무렵, 굳게 다 문 롱가의 입술을 비집고 신음이 흘러 나왔다.

"크윽."

"어?"

뒤늦게 이상함을 느낀 알베로가 급히 롱가를 쳐다봤다.

롱가의 이마에는 푸른 힘줄과 땀방울이 송골송골 맺혀 있었다.

Chapter 113. 기선 제압

"너, 너 괜찮은 거야?"

"닥쳐! 이 동양인 따위가……."

빠득-

이를 악문 롱가가 손목을 잡은 손에 더욱 힘을 줬다.

'크윽'

터져 나오려는 신음을 애써 눌러 참았다.

팔에서 전해지는 고통은 상상 이상이었지만, 그렇다고 견뎌 내지 못할 정도는 아니었다.

"남자가 시작을 했으면 끝을 봐야지."

나 역시 롱가와 마찬가지로 손목에 잡고 있는 손에 힘을 더욱 강하게 줬다.

그러자 롱가가 이빨을 덜덜거리며 길고도 낮은 신음을 흘렸다.

"크으으으."

옆에 있던 알베로가 기가 막힌 듯 나와 롱가를 번갈아 쳐다봤다.

"이, 이건 말도 안 돼! 롱가, 너 장난치는 거지? 젠장. 동양인 꼬마 앞에서 이게 무슨 추태냐고!"

알베로의 경망스러운 발언에도 롱가는 아무런 말을 하지 못했다.

사실 롱가와 내가 지닌 힘은 그리 큰 차이가 없을 것이다.

그만큼 롱가가 지닌 힘은 엄청나다는 수준을 넘어섰다.

그런데도 불구하고 시간이 흐를수록 롱가가 나보다 더욱 괴로워하는 것은 둘이 잡은 팔의 부위가 달랐기 때문이다.

내가 처음부터 노린 곳은 곡지혈(曲池穴).

팔꿈치에 위치한 곡지혈은 팔의 급소에 해당되는 부위였다.

인종이 다르다고 해서 누구는 사람이고 누구는 사람이 아닌 것이 아니다.

급소 역시 마찬가지였다.

당연히 같은 힘을 사용한다고 했을 경우, 고통은 급소가 잡힌 롱가가 더 클 수밖에 없었다.

"롱가!"

애타는 알베로의 목소리를 뒤로하고 나와 롱가의 시선이 허공에서 마주쳤다.

서로가 각자의 팔을 하나씩 잡고 있으니, 마음만 먹으면 다른 행동도 충분히 할 수가 있었다.

예를 들면, 머리나 목을 공격하는 행동 따위다.

하지만 그러지 않은 것은 이미 이 싸움이 자존심 싸움이 되어 버렸기 때문이다.

지금 상황에서 다른 행동을 한다는 것은 결국, 자신이 상대보다 약하다는 것을 인정하는 꼴이 됐다.

'아마 이 자리에서 죽더라도 절대 그건 인정하지 못할 걸?'

롱가의 눈을 보면 알 수 있다.

그는 절대 먼저 포기할 눈빛이 아니었다.

주르륵–

결국, 시간이 지나자 롱가의 얼굴에 비 오듯 땀이 쏟아졌다.

그의 팔이 사시나무 떨리듯 떨리고 있었다.

지켜보던 알베로가 그 모습에 소리를 질렀다.

"그만! 젠장! 그만해!"

갑작스러운 외국인의 비명에 커피숍 안에 있던 사람들의 시선이 우리에게로 꽂혔다.

'여기까지가 적당하겠네.'

어차피 지금의 행동은 두 사람의 기세를 누르기 위해 시작한 일이었다.

기세를 꺾은 이상 일을 크게 만들 필요는 없었다.

슬며시 힘을 거둬들이며, 잡고 있던 롱가의 팔을 놓았다.

"허억…… 허억……."

가쁜 숨을 토해낸 롱가 역시 내 팔을 잡고 있던 손의 힘을 풀었다.

그리고는 곧장 자신의 반대편 팔을 어루만지기 시작했다.

부르르―

롱가의 팔뚝을 바라보니, 짧은 순간 시퍼렇다 못해 피멍이 들어 있었다.

물론 내 팔뚝 역시 마찬가지였다.

롱가와 비교하면, 양호하지만 멍 자국이 선명하게 보였다.

"롱가, 너 괜찮아? 이 자식……."

팔의 피멍을 바라보던 알베로가 성질을 부리려고 하자 롱가가 팔을 뻗어 막았다.

"롱가?"

스윽―

알베로의 반문에도 롱가의 시선은 여전히 날 향했다.

"왜 먼저 힘을 거뒀지? 계속했으면, 분명 네가 이겼을 텐데."

"끝까지 갈 필요는 없으니까. 서로가 이 정도면 충분하다는 것을 알았고, 또 그쪽이 힘겨루기 이외에 다른 짓을 하지 않은 게 마음에 들었거든."

"으음."

"뭐, 조금 전 상황에도 불구하고 아직 날 동양인 꼬마라고 부르고 싶다면, 계속해도 상관은 없어."

"……동양인, 아니 미스터 한."

롱가가 낮은 목소리로 내 성을 불렀다.

흥신소를 시켜 내 뒤를 밟던 녀석들이었다.

성을 알고 있는 것 가지고 놀랄 정도는 아니었다.

"너 강하다. 그리고 아까 그 이상한 눈빛……. 어째서 마스터가 우리를 이곳에 보내서 지켜보라고 한 것인지 알 것 같다."

한바탕 드잡이라도 할 줄 알았는데, 롱가의 목소리는 오히려 처음 만났을 때보다 차분했고 행동은 절제되어 있었다.

'역시 평범하지 않아.'

오히려 화를 내고 제대로 붙어보자고 했다면, 편히 생각했을 것이다.

단순한 상대만큼 다루기 쉬운 것은 없으니까.

하지만 스스로를 절제할 줄 아는 상대는 까다로우면서도 골치 아픈 적이었다.

"네가 원하는 게 뭔가?"

"그에 대한 답은 아까 말했을 텐데. 왜 내 뒤를 밟았는지 그 이유 말이야. 알다시피 거기와 나는 전혀 안면도 없고 인연도 없잖아?"

"그건……."

롱가가 알베로를 쳐다봤다.

알베로는 그저 어깨를 으쓱거리는 것으로 대답을 대신했다.

이 다음부터는 알아서 하라는 무언의 태도였다.

"알베로가 말했지만, 마스터의 뜻이 무엇인지 우리 역시 알지 못한다. 나와 알베로는 용병이고 따라서 마스터의 명령에 따를 뿐이다."

"용병? 군인이 아니라?"

"……예전에는 군인이었지."

롱가가 씁쓸한 표정으로 대답했다.

무슨 사연이 있을 것으로는 짐작이 되었지만, 지금 중요한 건 그게 아니었다.

'그나저나 용병이라니, 전혀 생각지도 못했네.'

두 사람이 용병이라면, 처음 느꼈던 괴리감도 어느 정도 설명이 된다.

마이클 도면의 기억에도 용병에 관한 것들은 꽤 있었다.

용병이라면 기본적인 전투가 아니더라도 지원 업무, 다시 말해 서포트를 위해서 소속된 이들도 상당수였다.

아마 롱가는 전투, 알베로는 서포트에 특화된 인물일 것이다.

"솔직한 대답은 고마운데. 다시 본론으로 돌아와서 물어보자면, 앞으로도 계속 내 뒤를 밟을 생각이야?"

"……."

"이봐!"

내가 목소리를 조금 높이자 옆에서 듣고 있던 알베로가 한 발 앞으로 나섰다.

"좀 적당히 하지? 지금 이렇게 사실을 알려주는 건 롱가가 널 어느 정도 인정했기 때문에 이러는 거지, 네가 무서워서 그러는 게 아니야. 그리고 어차피 우리한테 선택은 없어. 아까 들었지? 우린 돈을 받고 일하는 용병이라고. 일을 진행하고 말지의 결정권은 마스터한테 있단 말이야. 그러니까 몇 번을 묻더라도 같은 대답을 할 수밖에 없어."

아무래도 계속 얘기를 한다고 한들 도돌이표가 될 것 같다.

"좋아. 그럼, 이렇게 하지."

"……?"

"너희들 마스터한테 이렇게 전해. 궁금한 게 있으면, 직접 물어보라고 말이야. 사람을 시켜 뒤를 밟는 유치한 행동은 그만하고."

"유, 유치? 너 인⋯⋯."

알베로가 말을 끊으려고 했지만, 내 눈빛을 보고는 움찔거렸다.

그도 분명 특출 난 재주가 있겠지만, 확실히 육체적인 격을 놓고 봤을 때는 롱가와 비교할 수준이 아니었다.

"서로 이해관계가 맞으면, 궁금한 것쯤은 얼마든지 대화로 풀 수 있어. 그러니까 이런 짓은 그만둬. 당하는 입장에서는 상당히 기분 나쁘거든."

"그게 전부인가?"

"일단은."

"좋다. 마스터에게 네 뜻을 전하지."

롱가의 반문에 고개를 끄덕였다.

그러자 눈치를 보던 알베로가 한마디를 던졌다.

"⋯⋯마스터가 거절하면?"

"대화를 거절하겠다면, 나도 내 나름대로의 방법을 찾아야겠지. 하지만 말이야. 나도 그렇게 쉽게 당하지는 않을 거야. 그러니⋯⋯ LA에 있는 너희 마스터에게 아까 내가 한 말을 똑똑히 전해."

LA라는 단어를 언급하자 롱가와 알베로, 두 사람 모두 크게 놀란 표정을 지었다.

그 모습에 난 속으로 쾌재를 불렀다.

'빙고! 역시 그때 그놈이 분명해.'

역시 생각했던 그대로였다.

머릿속에 추측을 확정함과 동시에 LA라는 단어를 꺼냄으로 순식간에 두 사람을 압도, 분위기를 내 쪽으로 가져왔다.

나 역시 아무것도 모르지는 않는다는 인식을 준 것이다.

롱가가 무거운 표정으로 고개를 끄덕이며, 입을 열었다.

"……그 사실까지 알고 있을 줄은 몰랐군. 알았다. 오늘 이곳에서 있었던 일은 마스터에게 꼭 전하겠다."

"좋아. 그럼, 괜히 이상한 방법으로 연락하지 말고. 다음에 만날 때는 전화로 미리 약속을 하자고."

테이블 위의 휴대폰을 꺼내 앞으로 내밀었다.

롱가가 시선을 돌려 알베로를 쳐다봤다.

"젠장, 이게 잘하는 짓인지 모르겠네. 이럴 줄 알았으면 로비로 내려오는 게 아니었는데."

머리를 긁적거리던 알베로가 이내 자신의 휴대폰을 꺼냈다.

그렇게 서로 연락 가능한 번호를 입력한 뒤, 휴대폰을 돌려받았다.

"그럼, 마스터한테 얘기 잘 전해줘."

길게 얘기를 나눠봤자 두 사람에게서 얻을 수 있는 정보가 없다는 게 확실했기 때문에 빠르게 작별을 고하고 걸음을 옮겼다.

롱가와 알베로 또한 커피숍을 벗어나는 내 모습을 바라볼 뿐 잡지 않았다.

이제 이 둘과 다시 만난다면 둘 중 하나의 경우일 것이다.

전자는 일이 잘 풀려서 그 마스터라는 사람이 직접 나와 대화를 할 경우.

후자는 내 제안을 그저 개소리로 치부하고 본격적으로 귀찮거나 더러운 짓을 벌일 경우다.

탁-

소파에서 일어난 알베로가 테이블 위에 놓여 있던 주스를 단숨에 마셨다.

벌컥- 벌컥-

"크으."

알베로가 앉아 있는 롱가를 쳐다봤다.

"롱가! 너 대체 무슨 생각이야? 젠장, 진짜 마스터한테 연락할 생각은 아니겠지? 이 사실을 프린스가 알면 우릴 죽일지도 모른다고! 너도 알지? 그 잠탱이는 멋대로 일을 처리하는 걸 가장 싫어한다는 거!"

"알베로."

"왜 이 근육 멍청아! 대체 프린스에게는 뭐라고 말을……."

"미스터 한은 루시퍼 팀장과 비슷한 능력을 가졌다."

"뭐?"

롱가의 담담한 목소리에 알베로가 인상을 찌푸렸다.

하지만 그것도 잠시였다.

이내 롱가의 말뜻을 깨달은 알베로가 얼굴을 굳혔다.

"그러니까 아까 그 동양인이 루시퍼 팀장과 비슷한 능력을 가졌다는 말이지? 그 이상한 초능력 같은 능력 말이야?"

롱가가 고개를 끄덕였다.

"잠깐이지만, 그런 느낌을 받았다. 팀장보다 약하기는 했지만 분명하다."

"……."

롱가는 단순하고 답답하기는 해도 거짓말을 할 사람을 아니었다.

알베로가 말없이 생각에 잠겼다.

애초에 팀의 이름이 루시퍼로 지어진 것은, 팀장의 별명이 루시퍼였기 때문이다.

그의 진짜 이름을 팀 내에서 아는 사람은 없다.

부팀장들 또한 루시퍼의 진짜 이름은 알지 못한다.

그나마 그의 이름을 알 가능성이 있는 사람은 마스터인 제럴드 회장뿐일 것이다.

하지만 루시퍼의 팀원 모두 그의 진짜 이름은 궁금해하지 않았다.

그 이유는 성경에 나오는 계명성, 타락한 천사 루시퍼가 그에게 가장 잘 어울리는 이름이라고 생각하기 때문이었다.

또한, 루시퍼는 용병 업계에서 전설적인 인물이었다.

용병 업계에서 두각을 나타낸 것은 십 년이지만, 그동안 그가 이룬 업적들은 평범한 용병은 엄두도 내지 못할 것들뿐이었다.

특히 주목한 점은 그가 개인으로 움직였음에도 불구하고 그만한 성과를 올렸다는 것이다.

'팀장에 관한 정보는 FBI나 CIA는 물론 백악관에서도 최고 보안 등급이 걸려 있었지.'

해커로 백악관과 FBI의 데이터베이스를 제집처럼 드나들던 알베로도 루시퍼에 대한 정보만큼은 열람할 수가 없었다.

해당 정보를 확인하기 위해서는 대통령과 FBI 국장의 승인이 있어야 했기 때문이었다.

이 뜻은 루시퍼라는 존재의 가치가 전술핵과 맞먹는 등급의 보안 사항이라는 것과 일맥상통했다.

그런 루시퍼가 팀을 만들었다는 소식을 들었을 때 알베로는 만사를 제쳐두고 그 팀에 가입을 신청했다.

루시퍼라는 사람이 그만큼 궁금했기 때문이다.

애초에 알베로가 해커가 됐던 것도 한 번 생긴 궁금증은 반드시 풀어야 하는 그의 성격 때문이었다.

그렇게 팀 루시퍼에 가입한 알베로는 얼마 지나지 않아 깨달을 수 있었다.

확실히 팀장인 루시퍼에게는 일반 사람과는 전혀 다른 특별한 것이 있다는 것을.

팀에 모인 사람들 역시 나름 자신의 분야에서는 최고라고 불리는 사람들이었음에도 불구하고 모두 그것을 인정했다.

[루시퍼는 최고다!]

알베로 역시 마찬가지였다.

그렇기 때문에 그는 루시퍼에 가입한 것이야 말로 자신이 일생일대 가장 잘한 결정이라고 생각했다.

"알베로! 어이, 알베로?"

"어? 어. 왜?"

잠시 상념에 빠져 있던 알베로 자신의 몸을 흔드는 롱가의 손길에 생각에서 빠져 나왔다.

"대체 무슨 생각을 그렇게 하고 있는 거야?"

"아무것도 아니야. 그보다 롱가, 넌 일단 아까 그 녀석

말대로 마스터에게 연락을 넣어. 프린스는…… 내가 잠에서 깨어나면 알아서 잘 말하도록 할게."

"일단? 그게 무슨 소리야?"

"난 따로 저 녀석에 대해서 조사를 해봐야겠어. 시간이 좀 걸리겠지만, 아예 방법이 없는 것은 아니니까."

알베로의 얘기를 들은 롱가가 인상을 찌푸렸다.

"그렇게 할 수는 없다. 우린 분명 그의 말을 마스터에게 전하겠다고 약속했다."

"그래, 분명 그랬지. 하지만 당장 조사를 멈춘다는 약속은 하지 않았잖아?"

"알베로!"

롱가의 소리침에 알베로가 피하지 않고 고개를 들어 그의 눈을 쳐다봤다.

두 사람의 키는 30cm 이상 차이 났지만, 알베로의 얼굴은 전혀 주눅 들어 있지 않았다.

또 눈동자는 새로운 호기심으로 인해 반짝거리고 있었다.

"네 입으로 그랬지? 저 동양인에게서 팀장과 같은 느낌이 났다고. 난 그걸 확인해 보려는 거야. 정말 저 녀석이 팀장처럼 특별한 뭔가를 지녔는지 말이야."

"……확인해서 뭘 어쩌려는 거지?"

팀장이 거론되자 롱가의 목소리가 누그러졌다.

알베로는 루시퍼에 대한 호기심을 느끼고 팀에 들어간 것이지만, 직접 루시퍼와 작전을 경험한 적이 있는 롱가는 순전히 그를 존경해서 팀에 들어왔다.

아니, 존경 정도가 아니라 우상이라는 말이 알맞을 것이다.

그리고 팀 내에는 롱가와 비슷한 이유로 들어온 용병들이 상당했다.

만약 마스터인 제럴드 회장이 돈만으로 용병들을 회유를 했다면, 현재 루시퍼 팀에 있는 사람들 중 절반은 거절을 했을 것이다.

제럴드 회장과 비교할 정도는 아니지만, 나름 특급 용병으로 통하는 그들에게 돈이란 그리 매력적인 수단이 아니었다.

하지만 그들은 업계 1위이자 살아 있는 전설, 루시퍼가 팀장이라는 소리를 듣고 흔쾌히 수락했다.

이 바닥에 몸을 담은 이상 전설을 눈으로 직접 보고 함께 일해보고 싶기 때문이었다.

"이봐, 알베로! 확인해서 어떻게 할 생각이냐고 물었다."

거듭되는 롱가의 물음에 알베로가 시선을 돌렸다.

씨익-

입꼬리를 말아 올린 그가 하얀 이를 보였다.

"어쩌긴. 그야 우리 팀장한테 당장 알려줘야지. 그게 더 일이 재미있게 돌아갈 것 같거든."

TIME ROULETTE
타임룰렛

Chapter 114. 부호의 자존심

중국의 부호들은 체면을 중요시한다.

그들은 자신의 체면과 자존심을 위해서라면, 돈을 아낌없이 썼다.

그 덕분에 경기가 불황임에도 1%만을 위한 값비싼 사치품은 늘 호황을 누리고 있었다.

"음?"

중국 100대 부자로 손꼽히며, 부품 회사를 운영하는 마이자쑹은 자신에게 날아온 한 장의 초대장을 보며 고개를 갸웃거렸다.

"바오리 경매장? 여기서 내게 왜 초대장을 보낸 것인가?"

마이자쭁의 기억에 바오리 그룹이라면 몰라도 경매장은 자신과 아무런 인연이 없는 곳이었다.

그가 주로 이용하는 경매장은 세계 2대 경매장인 소더비와 크리스티였기 때문이다.

앞에 서 있던 그의 비서 장슈엔이 고개를 숙이며 말했다.

"그 초대장은 차오룬 회장님께서 보내신 겁니다."

"차오룬이?"

차오룬은 마이자쭁과 마찬가지로 중국 100대 부호 중 한 사람으로 자동차 회사를 운영하고 있었다.

장슈엔이 의아한 표정을 짓는 마이자쭁을 향해 추가 설명을 곁들였다.

"듣기로는 이번에 바오리 경매장과 제휴를 맺은 한국의 경매장에서 VIP들을 대상으로 특별한 물건을 경매에 내놓는다고 합니다. 아마 그 물건이 회장님께서 관심을 가질 만하신 것이기에 자신이 받은 초대장을 선물한 게 아닌가 생각됩니다."

장슈엔의 설명에 마이자쭁의 눈이 반짝였다.

이미 보유한 자산만 수조 원이 넘는 자신이었다.

자고 일어나면 알아서 돈들이 눈덩이처럼 불어나기 때문에 돈에 대한 관심은 사라진 지 오래다.

하지만 그런 그조차 아직 욕심을 부리는 게 딱 한 가지 있었다.

"경매 물품으로 도검(刀劍)이 나오는 건가?"

마이자쑹은 고대에 제작된 도검을 모으는 취미를 가지고 있었다.

그는 백 년 이전에 만들어진, 명검 같은 경우에는 가격을 가리지 않고 닥치는 대로 수집했다.

덕분에 그의 대저택에는 수백 자루나 되는 고대의 다양한 도검들이 보관되어 있었다.

그중에서도 마이자쑹이 가장 아끼는 물건은 칠성보도였다.

칠성검이라고도 불리는 칠성보도는 진나라의 학자 진수가 편찬한 삼국지에 등장한다.

삼국지에서 왕윤은 동탁을 죽이기 위해 조조에게 칠성보도를 내주는데, 이때 조조는 암살에 실패하고 그 위기를 넘기기 위해 칠성보도를 동탁에게 바치게 된다.

그 이후 칠성보도에 대한 행방은 기록된 것이 없는데, 한 도굴꾼에 의해 세상에 나타난 것을 마이자쑹이 천문학적인 금액을 주고 은밀히 사들인 것이다.

"네, 그렇다고 합니다."

마이자쑹의 입가에 미소가 걸렸다.

"그래, 물건이 뭔지는 알아봤나? 시대는?"

장슈엔이 기다렸다는 듯 품속에서 사진 한 장을 꺼냈다.

"청나라의 황제였던 건륭제의 검이라고 합니다."

"뭐? 건륭제?"

깜짝 놀란 마이자쑹이 장슈엔의 손에 들린 사진을 빼앗듯 가져왔다.

그리고는 뚫어지게 사진을 쳐다보다가 떨리는 음성으로 말했다.

"슈엔."

"네, 회장님."

"내가 가진 소장품 중에 건륭제의 도검이 있더냐?"

아무리 마이자쑹이라고 해도 수백 개가 넘는 도검을 일일이 기억할 순 없는 노릇이었다.

그건 장슈엔도 마찬가지였다.

하지만 보고를 하기 직전 리스트를 확인했다면, 얘기는 달라진다.

"확인 결과, 건륭제의 도검은 소장품 중에 없었습니다. 또한, 사진에서 보는 것과 같이 건륭제의 이름이자 낙인인 홍력이 새겨진 검은 현재까지 등장한 적이 없다고 합니다."

"그래, 내가 놀랐던 것도 바로 그거야. 검에 자신의 낙인을 새기다니. 그 말은 검을 볼 때마다 자신을 떠올리고 생각하라는 뜻이 아닌가? 분명, 평범한 사람에게 준 물건을 아니었을 게야. 대체 누구에게 준 것일까? 혹시 향비?"

혼잣말로 중얼거리던 마이자쑹이 고개를 저었다.

"일단 중요한 건 그게 아니니 차차 생각하기로 하고. 그래, 건륭제의 검이 한국에 있는 경매장에서 나온다고? 그럼,

신라인가?"

마이자쑹이 기억하기로 그나마 한국에 경매장다운 경매장은 신라 경매장밖에 없었다.

장슈엔이 입을 열었다.

"신라가 아니라 대한이라고 합니다."

"대한? 대한이라면, 내가 아는 그 대한 그룹 말인가?"

"네, 최근 대한 그룹에서 새롭게 경매장을 만들었다고 합니다."

"별일이군. 거기 회장은 경매 같은 것에는 전혀 관심이 없는 사람 같았는데."

대규모의 부품 회사를 운영하는 마이자쑹이기 때문에 대한 그룹의 조달만 회장과도 인연은 아닐지언정 안면 정도는 있었다.

그가 봤던 조달만 회장은 경매 같은 것과는 거리가 먼 사람으로 보였다.

"나이가 들면 취미와 습관, 식성도 변하는 법이니까요."

"그렇긴 하지. 아무튼 한국에서의 경매일은 언제인가?"

"3일 뒤입니다. 사람을 보내도록 할까요?"

평소 마이자쑹은 본인이 직접 경매장에 가는 일이 없었다.

일을 시킬 사람은 밑에 널려 있으니, 그저 예산의 기준만 책정해 주면 되는 일이었다.

물론 반드시 가져야 하는 물건의 경우에는 한도에 제한이 없었다.

"아니. 이번에는 내가 직접 가도록 하지. 오랜만에 한국의 온천도 즐길 겸 말이야. 자네가 일정을 준비해보도록 하게."

"네, 회장님."

공손한 자세로 고개를 숙인 장슈엔이 뒷걸음질로 자리에서 벗어났다.

그런 장슈엔을 바라보던 마이자쑹이 이내 시선을 손에 들린 사진으로 옮겼다.

"건륭제의 검이라, 훌륭한 수집품이 또 하나 늘겠군. 하하하!"

마이자쑹은 이미 건륭제의 검이 자신의 소장품이 된 듯 말했다.

그리고 같은 시각.

중국 100대 부호를 모시는 수행 비서들과 집사들이 장슈엔과 마찬가지로 바삐 움직이기 시작했다.

사법 고시 3차 시험은 일반 면접과는 달리 2~5일의 일정으로 치러진다.

응시자는 이 기간 동안 개별, 집단, 심층 면접을 보게 되는데, 평점 평균이 10점 미만이거나 시험위원 과반수가 어느 하나의 동일 평점 요소에 대해 하로 평가할 경우 불합격 처리가 된다.

　시험위원은 법학교수 2명, 법조인 2명, 면접 전문가 1명 등 총 5명으로 편성된다.

　이들은 응시자 면접을 통해 법조인으로서의 사명감이나 윤리 의식, 전문 지식과 응용능력, 정확성과 논리성, 품행과 성실성, 창의력과 발전 가능성 등을 다양하게 평가한다.

　따라서 2차 시험에 합격을 했다고 면접을 쉽게 생각하면, 자칫 곤혹스러운 질문에 불합격이 될 수도 있는 노릇이었다.

　어찌 됐든 해마다 3차 면접시험에서 불합격자가 나오고 있기 때문이다.

　"후우, 생각보다 어려웠네."

　3차 면접의 마지막인 심층 면접을 보고 나오자 절로 한숨이 흘러나왔다.

　생각보다 면접 문제가 꽤 까다로웠다.

　"소신대로 말했다가는 바로 탈락이었겠지."

　사상을 검증하는 자리답게 정당방위나, 개인과 법조인으로서의 양심, 인권 등등 문장 하나에 꼬투리를 잡힐 수 있는 문제들이 대거 출제되었다.

마음 같아서는 옳다고 믿는 것을 옳다고 얘기하고 싶었지만, 그랬다가는 1차와 2차 수석임에도 불구하고 3차에서 떨어질 판이었다.

과거에도 1차와 2차 성적이 우수했던 한 응시자가 갑자기 주먹이 날아오면 어떻게 하겠느냐는 심사 위원의 질문에 '자신도 주먹으로 대응하겠다. 주먹은 가깝고 법은 멀리 있기 때문이다.' 라고 대답을 했다가 불합격이 되는 웃지 못할 상황이 벌어졌다.

일견 일리 있는 답변일 수는 있으나, 법조인으로서는 알맞지 않은 선택이라는 게 이유였다.

"갈 길이 멀다. 갈 길이 멀어."

아직은 속내를 철저히 감추고 원하는 것을 얻을 때까지 기다려야 했다.

진정한 맹수는 확실히 상대의 숨통을 끊을 수 있을 때만 발톱을 보이는 법이다.

우웅—

때마침 울리는 휴대폰의 진동음에 발신인을 확인해 보니 최혜진이었다.

"여보세요."

[면접은 잘 봤어? 어렵지는 않았고?]

"어렵기는 했는데, 그래도 망치지는 않고 잘 대답했어."

[후우, 다행이다.]

최혜진의 목소리에서 안도감이 서린 한숨이 흘러 나왔다.

그 목소리에 내 입가에도 자연스레 미소가 걸렸다.

누군가 나를 걱정해준다는 건 그리 나쁜 기분이 아니다.

[참, 그럼 결과는 언제 나오는 거야?]

"음, 최소 한 달 정도는 걸릴 거야."

본래 사법 고시는 1년을 주기로 치러지기 때문에 합격자 발표가 상당히 늦은 편이다.

몇 년 전까지만 해도 3차 면접 시험의 발표는 11월 정도로, 연말이 되어서야 그 최종 결과를 알 수 있었다.

하지만 법이 바뀜에 따라 불필요한 시간을 단축했기에, 이제는 시험을 보고 대략 한 달 정도면 결과를 알 수 있었다.

[그럼, 7월 말이나 8월 초겠네. 좋았어!]

"응?"

[아무것도 아니야. 그보다 오늘 저녁 같이 먹을까? 내가 그리로 갈게!]

"아, 미안. 저녁에는 약속이 있어서. 내일 어때? 내가 데리러 갈게."

[약속? 하는 수 없지. 그럼 내일 보자!]

최혜진에게는 미안하지만, 오늘은 3차 면접 시험이 끝나는 날임과 동시에 대한 경매장에서 건륭검에 대한 경매가 있는 날이기도 했다.

최혜진과 좀 더 대화를 나누다가 전화를 끊고 시각을 확인했다.

"경매가 3시라고 했으니, 슬슬 출발하면 되겠네."

현재 시각은 2시.

1시간가량 여유가 있었지만, 서울의 교통체증을 생각하면 그다지 많은 시간도 아니었다.

"후우, 아슬아슬했네."

역시나 예상대로 대한 경매장에 도착한 뒤 시각을 확인하니, 2시 46분이었다.

경매 시작까지는 15분 정도밖에 남지 않은 상황이었다.

"오셨습니까?"

경매장의 입구에는 미리 도착해 있던 정찬우 교수가 나를 반갑게 맞아줬다.

"잘 지내셨어요? 참, 경매에 참여할 사람은 많이 왔습니까?"

질문을 받은 정찬우 교수가 빙그레 미소를 지으며 고개를 크게 끄덕였다.

"조칠현 이사에게 넌지시 건네 보았는데, 중국 쪽에서 꽤 많은 사람들이 왔다고 합니다. 그중 중국의 100대 부호에 속하는 이들도 일부 있다고 하더군요. 여기에 한국은 물론 일본이나 태국, 대만 쪽의 부호도 참석했습니다. 아! 유럽 쪽 사람들도 오긴 했지만, 그 숫자는 그리 많지 않습니다."

경매 물품의 특성상 아시아에 속해 있는 국가의 사람들이 많이 참석했다는 게 느껴졌다.

"그렇군요. 듣자하니 이번 경매는 비밀 경매로 진행한다고 하던데, 맞습니까?"

일반적으로 경매는 공개 경매와 비밀 경매 두 가지 방법이 있다.

공개 경매 같은 경우에는 물건을 구매하려는 사람들이 공개된 장소에 모여서 경매를 진행하는 방식이다.

반면, 비밀 경매는 경매에 참석한 사람들이 서로 얼굴과 신분을 노출하지 않은 상태로 진행되는 경매를 말한다.

전자와 달리 후자의 경우는 대외적으로 신분을 공개하기가 난감한 사람들이 다수 있을 때 사용되는 방식이었다.

정찬우 교수가 내 물음에 고개를 끄덕이며, 입을 열었다.

"아무래도 중국 쪽 사람들이 많이 참석해서 그런 듯합니다. 아무래도 오픈된 장소에서 경매를 진행하다 보면, 자신이 경매 물품을 낙찰받을 돈이 있다고 해도 사업적인 요소나 기타 관계에 따라 눈치를 볼 수밖에 없으니까요."

경매에 참여한 사람이 모두 동등한 위치라고 보기는 어렵다.

당연히 권력은 높으나 상대적으로 돈이 없는 사람, 또는 돈은 많으나 권력이 낮은 사람이 있을 수밖에 없다.

이런 상황에서 자신이 대하기 어려운 사람이 경매에 입찰을 해 버리면, 상대하는 입장에서 의욕이 꺾이는 건 당연한 일이었다.

하지만 비밀 경매로 경매를 진행하면, 이와 같은 문제를 신경 쓸 필요가 없었다.

또한, 어차피 이번 경매는 신분이 확실한 VVIP들을 대상으로 진행하는 경매였다.

일반 경매처럼 관계없는 사람이 자리를 차지함으로 장소가 부족할 일은 없을 것이다.

"알겠습니다. 경매 시간이 다 된 것 같은데, 그럼 들어가실까요?"

"이쪽으로 가시죠."

정찬우 교수의 안내를 받으며, 대한 경매장으로 발걸음을 옮겼다.

사실 굳이 내가 이번 경매에 참여할 필요는 없었다.

결과만 듣고 돈만 입금을 받아도 되는 일이었다.

그럼에도 직접 경매장을 찾은 이유는 경매가 어떤 식으로 진행되는지에 대한 호기심 때문이었다.

또 오늘의 하이라이트라고 할 수 있는 건륭제의 검을 제외하고도, 대한 경매장이 그간 심혈을 기울여 야심차게 준비했던 다른 경매 물품도 상당수 나온다고 들었다.

'혹시 룰렛과 같은 기능을 지닌 물건이 나올 수도 있으

니까. 밑져야 본전이지.'

그럴 가능성은 낮지만, 사람 일이란 건 혹시 모르는 일이었다.

대한 경매장의 안으로 들어서자 귀에 이어폰을 끼고 삼엄한 표정으로 경비를 서고 있는 경호원들이 보였다.

'대한 시크릿 소속 경호원들이네.'

아버지에게 경호원들이 붙으면서, 대한민국의 경호 업계에 관한 것도 한번 조사를 한 적이 있다.

경호원들의 왼쪽 가슴에 달린, 신(宸)이라는 글자가 새겨진 배지는 대한 시크릿의 상징이라고 할 수 있었다.

대한 시크릿은 대한 그룹의 비상장 회사로, 대한 그룹에 속해 있는 주요 임원들 및 그들의 가족들을 경호하는 것이 주된 임무였다.

실적만을 놓고 봤을 때 업계 1위라고 할 수는 없지만, 대한이라는 이름이 갖고 있는 무게 때문인지 신뢰도만큼은 동종 업계에서 최고로 꼽히는 경호 회사였다.

복도의 입구에 위치한 경매장 내부로 연결되는 검색대로 향하자, 경호원이 고개를 숙인 뒤 정중한 목소리로 말했다.

"잠시 실례하겠습니다. 초대장을 보여주시겠습니까?"

정찬우 교수를 비롯한 나 역시 품에서 초대장을 꺼내 경호원에게 건네줬다.

초대장은 사전에 조칠현 이사가 보낸 것이다.

이번 경매는 해당 초대장을 가지고 있어야지만 출입이 가능했다.

물론 우리 같은 경우야 경매 물품을 위탁한 사람이니, 혹 초대장을 잃어버렸다 하더라도 조칠현 이사에게 연락을 하면 재발급이 가능했을 것이다.

경호원이 손에 들고 있던 스캐너를 이용해서 건네받은 초대장을 스캔했다.

삑-

"정찬우 님, 한정훈 님. 확인됐습니다."

초대장을 다시 돌려준 경호원이 옆으로 비켜서자 검색대의 문이 열렸다.

검색대를 지나 안으로 걸어 들어가자 복도 끝에서 발자국 소리가 들렸다.

저벅- 저벅-

소리가 점점 가까워질 무렵, 기역자로 꺾어지는 코너에서 모습을 나타낸 사람은 조칠현 이사와 그의 비서로 보이는 여성이었다.

"하하! 오셨습니까? 미리 연락을 주셨으면 제가 앞까지 마중을 나갔을 텐데요. 뒤늦게 보고를 받고 알았습니다."

이사쯤이나 되는 사람이 감시 카메라를 통해 출입하는 사람의 상황을 실시간으로 보고 있지는 않았을 것이다.

짐작하기로는 검색대에서 초대장이 스캔되면, 출입하는

사람들의 정보가 조칠현 이사에게 전달되는 시스템인 것 같았다.

"바쁜 날인데, 귀찮게 해서야 되겠습니까?"

"귀찮다니요! 전혀 그렇지 않습니다."

조칠현 이사가 활짝 웃으며 대답했지만, 바쁘지 않다는 말은 거짓말이 분명할 것이다.

자신의 나라 혹은 도시에서는 왕처럼 군림하고 있는 세계 각국의 부호들이 방문하고 있는 상황이다.

경매의 책임자라고 할 수 있는 사람이 바쁘지 않을 리가 없었다.

"외국에서 귀한 손님들이 오셨을 텐데, 아무쪼록 그쪽에 더 신경을 쓰셔야죠. 그래야 제 물건이 더 좋은 가격에 팔리지 않겠습니까?"

"네? 하하! 그렇게 말씀해주신다면, 저도 편하게 자리를 비울 수 있겠군요. 꼭 좋은 가격에 낙찰될 수 있도록 노력할 테니, 걱정 마시기 바랍니다."

"기대하도록 하겠습니다."

농담이 아니라 진심으로 난 이번 경매를 꽤 기대하고 있다.

만약 예상보다 낮은 가격에 물건이 팔린다면, 당장 시작해야 할 계획에 차질이 생길 수도 있었다.

"경매가 끝날 때까지는 여기 있는 민 비서가 모실 겁니다. 민 비서!"

조칠현 이사의 부름에 뒤에 있던 검은 블라우스의 여성이 한 걸음 앞으로 걸어 나왔다.

여성은 보기 드문 미인이었는데, 거짓말을 조금보태자면 TV에 자주 모습을 보이는 인기 아이들보다도 아름다운 얼굴이었다.

"오늘 하루 안내를 맡은 민혜리입니다. 편하게 민 비서라고 부르시면 됩니다."

"혹 궁금하신 사항이 있거나 어려운 일이 있으시거든 민 비서에게 말씀해주시면 해결해 줄 겁니다."

조칠현 이사의 배려에 가볍게 고개를 숙였다.

이 정도까지 호의를 베풀어 준 것은 분명 고마운 일이었다.

"감사합니다."

"감사는요 무슨. 당연히 해야 할 일입니다. 그럼, 저는 경매가 끝나고 다시 찾아뵙도록 하겠습니다."

가볍게 고개를 숙인 조칠현이 이내 반대편 복도를 향해 걸음을 옮겼다.

그러자 민혜리가 기다렸다는 듯 손짓으로 기역자로 꺾여 있는 복도를 가리켰다.

"오늘 경매를 관람하실 장소로 안내해드리겠습니다. 이리로 가시죠."

TIME ROULETTE
타임룰렛

Chapter 115. 뜻밖의 손님

3시간 전.

서울 역삼동 대한 그룹 사옥.

비서실에서 올린 서류철을 검토하던 조달만 회장이 쓰고 있던 돋보기안경을 벗으며 말했다.

"그래, 칠현이가 운영하는 경매장에 사람들이 많이 왔다고?"

앞에 서 있던 수석비서 박철민이 입가에 미소를 머금은 채 입을 열었다.

"네, 회장님. 조칠현 이사가 신경을 많이 쓴 모양입니다."

"암! 신경을 써야지. 꼭 성과를 보이겠다고 해서 해 준 것인데, 당연한 것 아닌가?"

조달만 회장은 슬하에 5남 2녀의 자식을 두었는데, 조칠현 이사는 막내인 조환희의 막내아들이었다.

즉, 조달만 회장에게 있어서는 막내 손자인 셈이었다.

일반 가정 같은 경우, 막내는 아들이 됐든 딸이 됐든 가장 귀여움을 받는 법이다.

하지만 재벌가의 경우에는 그 위치가 일종의 계륵과 같다고 할 수 있었다.

분명 집안에서 귀여움은 많이 받지만, 경영 승계나 재산권 분할에서는 별다른 혜택을 보지 못하는 경우가 대부분이다.

보통은 부모 사후 다른 형, 누나들의 회사에 위협이 되지 않는 선에서 계열사 몇 개 정도를 물려받는 수준이었다.

물론 이조차도 일반인이 보기에는 엄청난 재산이지만, 그보다 더 거대한 기업들을 보고 자라 온 사람들에게는 정말 일부분에 불과한 것이다.

그럼, 손자 같은 경우에는 어떨까?

재벌가에서는 일찍부터 손자들에게도 재산의 일부를 상속하는 경우가 많다.

계열사, 현금, 부동산, 차명계좌 등등 그 종류는 수없이 많다고 할 수 있다.

하지만 이때도 당연히 가장 많은 것을 받는 사람은 집안의 장손이었다.

장손이 가장 많은 것을 받고 그 뒤로는 차츰 줄어들기 시작한다.

그러던 것이 정작 막내손자가 받을 때쯤 되면, 이게 정말 재벌 3세가 받은 것이 맞느냐는 의문이 들 정도로 규모가 줄어든다.

그리고 이와 같은 관행은 대한민국 재벌 순위 1위인 대한 그룹 역시 마찬가지였다.

조달만 회장이 막내 손자인 조칠현에게 준 것은 서울 송파구에 위치한 시가 100억 원 상당의 건물이었다.

이는 재벌 3세로 사고만 치는 다른 손자들과 달리, 조칠현이 착실하게 공부를 하고 대한이라는 이름에 먹칠을 하지 않는 생활을 지내온 것에 대한 일종의 상인 셈이었다.

그렇게 100억 원 상당의 건물을 내주고 난 뒤, 조달만 회장은 막내 손자인 조칠현에 대해서는 크게 염두에 두지 않았다.

당장 7명의 자식들만 생각해도 골치가 아픈데, 손자들의 생활까지 일일이 신경 쓸 여력이 있을 리 만무했다.

그런데 3년 전, 막내 손자인 조칠현이 조달만 회장을 직접 찾아왔다.

100억으로 받은 건물 대신, 서울 삼성동 소재의 건물 명의가 적힌 서류를 가지고 말이다.

더욱 놀라운 것은 건물을 시가로 따지면 500억 상당이었다.

100억을 자본금으로 굴려 500억을 만든 것이다.

그리고 그 자리에서 조칠현은 할아버지인 조달만 회장에게 대한의 이름을 딴 경매장을 만들고 싶으니, 허락을 해달라고 부탁했다.

어째서 경매장이냐는 기본적인 질문조차 없었다.

조달만 회장은 그 자리에서 아무것도 묻지도 따지지도 않고 손자의 부탁을 들어줬다.

7명의 자식과 십여 명에 이르는 손주가 있었지만, 그중에서 자신이 준 돈을 까먹지 않고 불린 사람은 단 한 명도 없었다.

더불어 대한이라는 이름의 간판을 단 회사를 자기가 만들어보고 싶다고 한 사람은 막내 손자인 조칠현이 유일했다.

조달만 회장의 입장에서는 막내 손자의 부탁을 들어주는 이유로 그거면 충분했던 것이다.

그때부터였다.

조달만 회장이 7명의 자식 이외에도 유독 관심을 두고 살피는 손자가 생긴 것이 말이다.

"그래도 쟁쟁한 사람들이 워낙 많이 와서 솔직히 놀랐습니다."

"자네가 그렇게까지 말하니 나도 궁금하군. 그래, 누가 왔는가?"

"중국에서는 마이자쑹 회장이 직접 한국을 방문했고, 일본과 대만에서는 아베미토 상과 창취안이 각기 자신의 사람을 보내 참석하게 했다고 합니다."

"허허, 그 사람들이 전부?"

조달만 회장이 살짝 놀란 표정으로 되물었다.

마이자쑹은 물론이고 아베미토와 창취안 역시 기업인들 사이에서는 나름 거물로 손꼽히는 사람이었다.

"그리고 이건 오늘 아침 들어온 보고로, 아직 진위여부가 확인되지 않은 정보입니다만……."

망설이는 박철민을 향해 조달만 회장이 손을 흔들었다.

"괜찮으니까, 말해봐."

"중국의 시진핑 주석의 비서로 보이는 자가 오늘 인천공항을 통해 극비리에 입국했고, 곧장 대한 경매장으로 향했다고 합니다."

"뭐? 누구? 시진핑? 그냥 닮은 사람을 보고 착각한 게 아니고?"

"그게 다른 사람도 아니고 대한 시크릿의 황 팀장을 통해 들어온 보고입니다. 회장님도 아시겠지만, 황 팀장은 전

정권 당시 청와대 경호실에서 근무했던 친구입니다."

"알고 있지. 황 팀장이라면, 이번 정권에서 청와대 경호실이 축소되는 과정에서 우리 쪽으로 스카우트된 친구가 아닌가? 그 얼굴이 소처럼 생겨서 내 아직도 기억하고 있지."

박철민이 고개를 끄덕였다.

"네, 맞습니다. 그 황 팀장의 말에 의하면, 자신이 전 대통령을 모시고 중국을 방문했을 때, 오늘 입국한 그 비서가 시진핑의 곁에 있던 것을 본 적이 있다고 합니다."

"흐음. 설마 중국의 주석도 경매장에 나오는 그 물건을 사기 위해 사람을 보낸 것인가?"

중국의 주석 시진핑은 다른 국가의 대통령이 지닌 권한과 비교할 수 없을 강력한 권력을 지닌 지도자였다.

이는 중국이 공산주의 이념을 채택한 공화국이기 때문이었다.

수조 원의 재산을 지닌 기업인이라 한들, 죄를 지어 범죄자가 될 경우 정부의 결정 아래 사형을 당하는 게 바로 중국이라는 나라였다.

그런 나라의 최고 권력자를 모시는 사람이 물건을 사기 위해 은밀하게 한국을 방문했다고 하니, 조달만 회장으로서도 놀라는 게 당연했다.

"칠현이도 그 사실을 알고 있고?"

"아닙니다. 황 팀장이 그쪽으로는 따로 전달하지 않았을 겁니다."

"흠……."

잠시 눈을 감고 생각에 잠겼던 조달만 회장이 테이블 위에 수화기를 집어 들었다.

"나다. 지금 유통의 문 사장 좀 바로 들어오라고 해라."

조달만 회장이 비서실에 용무를 전달하고 30분 정도 시간이 지났을까?

똑– 똑–

문 밖에서 노크 소리가 들려왔다.

"들어와라."

끼익–

문을 열고 들어온 사람은 앞머리가 시원하게 벗겨진 중년의 사내였다.

얼마나 급하게 왔는지 이마에는 송골송골 땀이 맺혀 있고, 입고 있는 와이셔츠에도 물기가 묻어 있었다.

조달만 회장이 눈살을 찌푸리며 말했다.

"쯧쯧. 문 사장아, 누가 죽었나? 자네도 나이가 있는데 그렇게 오다가 숨넘어가면 어쩌려고? 나보다 먼저 관에 들어가려고?"

문 사장이라 불린 중년의 사내가 머쓱한 표정으로 입을 열었다.

"지은 죄가 있는데, 부르시면 이렇게라도 퍼뜩 튀어 와야 하지 않겠습니까?"

"사람하고는. 그런다고 내가 안 혼낼 줄 알아?"

"벌써 눈치 채셨습니까? 허허."

"실없는 소리는 그만하고, 이리 와서 앉아라."

조달만 회장이 앉아 있던 의자에서 일어나, 앞쪽에 놓인 회의용 소파로 걸음을 옮겼다.

중년 사내가 조달만 회장이 권한 자리로 옮기면서, 박철민에게 인사를 건넸다.

"박 비서, 오랜만이네."

"네, 사장님. 그간 건강하셨습니까?"

"전화를 받기 전까지는 그랬는데, 회장님께 혼이 나고 돌아가면 또 어찌 될지 모르겠네."

중년 사내의 엄살에 박철민이 작게 미소를 지었다.

중년 사내의 이름은 하도식.

대한 그룹의 핵심 계열사라고 할 수 있는 대한 유통의 사장이었다.

그는 조달만 회장이 초기 대한 그룹을 창립했을 당시부터 함께했던 사람으로, 이제는 몇 남지 않은 창립 멤버였다.

"사장님께서는 여전하시네요."

박철민이 입가에 미소를 지었다.

하도식 사장은 내일 모레면 환갑인 나이임에도 불구하고, 항상 변함없이 넘치는 에너지와 열정을 보여주고 있었다.

"도식아."

"네, 형님."

조달만 회장의 나지막한 부름에 하도식 사장이 즉각 대답했다.

두 사람이 함께한 세월만 족히 30년이 넘었다.

과거에는 집에 밥그릇이 몇 개고 숟가락이 몇 세트인지까지 알고 있을 정도였다.

그만큼 막역한 사이였기 때문에 공적인 자리에서는 직급으로 부르지만, 사적인 자리에서는 이렇듯 형과 아우로서 서로를 대했다.

"보고는 받았다. 요새 많이 힘들지?"

"……면목 없습니다. 아무래도 사드(THAAD) 배치 때문에 중국과의 관계가 악화되면서, 그쪽으로 진출 준비 중이던 시장이 완전 얼어붙었습니다. 듣기로는 KV 마트는 올해를 기점으로 중국에서 완전히 철수할 예정이라고 합니다."

사드(THAAD, Terminal High Altitude Area Defense)는 고고도 미사일 방어체계로, 미국이 추진하고 있는 미사일 방어체계의 핵심요소 중 하나이다.

최근 한국에도 이러한 사드가 배치되었는데, 한국이 미국과 사드 관련 논의를 할 때부터 중국은 지속적으로 우려를 표시했다.

사드를 배치할 경우 다방면에 대한 압박을 가할 수 있다는 의중을 내비치면서 말이다.

하지만 그런 중국의 우려에도 불구하고 경제, 정치, 외교적 요건을 고려해서 한국은 국내에 사드 배치를 강행했다.

그때부터였다.

중국 정부가 본격적으로 한류 열풍을 비롯한 한국 기업들의 중국 활동에 제제를 가하기 시작한 것이다.

일명 사드 보복 행위였다.

그에 대한 여파로 중소기업은 물론 중국 무대로 사업 영역을 확장하려던 대기업 역시 피해를 입게 되었다.

그건 대한민국을 대표하는 기업인 대한 그룹과 KV 그룹역시 마찬가지였다.

특히 일찍이 중국 진출을 목표로 한 KV 그룹은 다수의 KV 마트를 비롯한 쇼핑센터를 중국에 건설했는데, 사드 보복으로 인해 매출이 절반 이하로 떨어진 상황이었다.

"돌파구는 좀 보이고?"

"아무래도 이번 일은 기업과 기업이 손잡는 것만으로는 힘들 것 같습니다. 중국의 내로라하는 기업도 내수경제만큼은 정부의 의중에 따라서 움직이니까요."

"우리 정부 쪽은?"

조달만 회장의 물음에 하도식 사장이 한숨과 함께 고개를 내저었다.

"후우, 그쪽도 힘듭니다. 정부 쪽에서 뭔가 움직여줘야 할 것 같은데, 영 반응이 없습니다. 일전에 외교부 수석을 만나 식사를 하면서 얘기를 들어보니, 대통령이 쉽게 움직일 생각이 없는 것 같다는 의사를 은연중 내비치더군요. 지금 흘러가는 상황으로 봐서는, 아무래도 정권이 바뀌어야 뭔가 답이 나오지 않을까 생각이 됩니다."

"사업이란 게 1년이고 2년이고 미루다 보면, 결국 10년이 지나도 못하는 법이다. 대책은? 밑에 애들이 머리 굴려가며 대책이라고 내놓은 게 있을 거 아니냐?"

조달만 회장이 넌지시 물었다.

물론 그 대책이 무엇인지는 조달만 회장 역시 알고 있었다.

매일같이 수십 장이 넘는 보고서가 올라오지만, 이번처럼 중요한 사안은 전략기획실을 통해 직접적으로 올라오기 때문이었다.

하지만 때로는 빼곡하게 적혀 있는 텍스트보다 사람의 입으로 직접 듣는 것이 확실하고 정확할 때가 있었다.

"……형님께서도 보고 받으셨겠지만, 중국 진출을 위해 준비하던 유통 쪽 사업은 대만과 홍콩으로 노선을 변경하려고 합니다. 거리도 그렇고 문화적인 측면이나 여러 조건을 봤을 때, 중국 다음으로 볼 수 있는 차선이라고 판단했습니다."

"그래, 나쁘지 않군."

조달만 회장이 고개를 끄덕였다.

홍콩과 대만은 유럽과 중국의 문화가 교묘하게 녹아 있는 지역들이었다.

중국을 목적으로 했으니, 홍콩과 대만을 차선으로 선택한 대한 유통의 선택은 조달만 회장의 말처럼 나쁘다고 할 수 없었다.

"하지만 그렇다고 최선은 아니지."

"예?"

당황하는 하도식 사장을 뒤로하고 조달만 회장이 박철민을 쳐다봤다.

"박 비서. 내 책상에 있는 그거 여기 하 사장에게 주게."

"알겠습니다."

박철민이 자리에서 일어나 책상 위에 있는 서류를 챙겨 하도식 사장에게 넘겼다.

서류를 받아 든 하도식 사장이 진지한 표정으로 내용을 살폈다.

수십 년을 모셨던 만큼, 조달만 회장이 급히 자신을 부른 이유가 서류 때문이라는 것을 본능적으로 알아차렸기 때문이었다.

"이건……."

"그래, 내 막내 손자인 칠현이가 운영하는 경매장의 경매 물품에 대한 것이야."

"으음. 형님이 무슨 뜻으로 제게 이것을 보여 주시는지는 이해가 됩니다. 하지만 여기 참여한 VVIP들이 대단한 사람들이라고 해도 이 사람들의 힘만으로 중국에 진출하기에는……."

"중국 주석을 모시는 비서가 한국에 은밀히 들어와서 경매장으로 갔다고 하더구나."

"……?"

"시진핑 말이야."

하도식 사장의 눈동자가 흔들린다.

조달만 회장이 언급한 그의 영향력은 서류에 적힌 중국의 100대 부호들과는 차원이 다르다.

말 한마디로, 아니 의중만 비쳐도 중국 100대 부호라 불리는 사람들의 목을 자르고 사업을 풍비박산 낼 수 있는 힘을 지닌 권력가가 바로 중국의 시진핑 주석이었다.

"그럼, 제게 이것을 보여 주신 이유가?"

조달만 회장이 입가에 짓고 있던 미소를 지웠다.

그리고는 진지한 표정으로 입을 열었다.

"자네도 알겠지만, 밑에 있는 조무래기들 계속 건드려봐야

돈이랑 시간만 잡아먹히고 답이 없다. 어차피 결정을 내리는
건 가장 위에 있는 놈이지."

하도식 사장의 표정 또한 덩달아 굳어졌다.

조달만 회장이 무슨 뜻으로 지금과 같은 말을 하는 것인
지 비로소 제대로 이해한 것이다.

"형님, 그냥 단순히 호기심에 사람을 보낸 걸 수도 있습
니다. 의중을 제대로 파악하지 못한 상황에서 섣불리 나섰
다가는 돈만 잃을 수도 있는 노릇 아닙니까?"

"그렇다고 해도 눈도장 한 번 찍고 말 한마디 나눌 수 있
으면, 그걸로 된 거지. 운이 좋으면 우리 막힌 숨통을 트여
줄 수도 있고 말이야."

"으음."

하도식의 입에서 앓는 소리가 흘러 나왔다.

중국 시진핑 주석을 모시는 비서가 은밀히 한국으로 들
어와서 경매장으로 향했다.

이유를 복잡하게 생각할 필요는 없다.

경매장을 찾은 이유는 하나.

물건을 팔거나 혹은 사기 위해서다.

그리고 지금과 같은 경우에는 후자일 확률이 100%였
다.

시진핑의 비서는 이번 경매에서 반드시 사야 하는 물건
이 있는 것이다.

경매 물품으로 어떤 물건이 나오는지 사전에 전달을 받은 사람이라면, 그것이 무엇인지 모를 리가 없었다.

건륭제의 검.

시진핑의 비서가 사고자 하는 물건은 그것일 게 분명했다.

그리고 지금 조달만 회장은 그 물건을 이번 경매 물품에 낙찰받아 로비를 하자고 하도식 사장에게 말하고 있는 것이다.

"……회장님, 돈이 꽤 많이 들어갈 겁니다. 아까 VVIP리스트를 보니, 돈 빼면 시체인 사람들이 엄청 많더군요."

하도식 사장이 걱정 어린 목소리로 말했다.

또한, 호칭 또한 바뀌었다.

그만큼 지금 하는 얘기에 대한 무게를 올린 것이다.

"허허! 천하의 불도저 하도식이 지금 겁먹은 건가?"

"저도 나이를 먹지 않았습니까? 내일 모레면 환갑입니다."

"이 사람아! 지금 내 앞에서 나이 자랑하는 건가?"

"그게 아니지 않습니까? 아무튼, 자칫하면 돈은 돈대로 쓰고 원하는 것은 아무것도 얻지 못할 수도 있습니다. 정치하는 놈들 화장실 들어갈 때랑 나올 때랑 다른 게 어디 하루 이틀입니까? 중국 놈이라고 다를 거라는 생각은 하지 않습니다. 게다가 솔직히 명단에 있는 사람들을 보면, 저희가 경매에 참가한다고 해도 그 물건을 낙찰받을 수 있을지 확실하지도 않다는 게 제 의견입니다."

하도식 사장 또한 격동의 대한민국이라 불리던 70~80년대를 맨몸으로 부딪쳐 지금의 대한 그룹을 일군 주역이었다.

자랑으로 얘기할 내용은 아니지만, 소위 정치를 한다는 사람들 자동차에 실은 박스만 해도 어지간한 화물차를 가득 채우고도 남을 것이다.

그렇기 때문에 잘 알고 있었다.

이번 게임은 순수한 돈 싸움이다.

그것도 몇 천만, 몇 억이 아닌 수십억, 수백억의 돈이 오가는 싸움이 될 것이다.

하지만 이 싸움에서 승리한다고 한들 대한 그룹이 얻을 수 있는 것은 불확실하다.

그렇기 때문에 하도식 사장은 계속해서 부정적인 입장을 고수하고 있었다.

"어허, 이 사람아! 우리 대한이 어디 돈으로 밀리는 곳인가?"

"그렇다고 수백억을 허공에 날릴 정도로 여유로운 상황은 아닙니다."

"날리는 게 아니라 투자를 하는 거라니까."

"회장님!"

하도식 사장이 답답한 듯 목청을 높이고는 박철민을 쳐다봤다.

도움을 요청하는 의미였다.

그러나 시선을 받은 박철민이 가볍게 고개를 내저었다.

하도식 사장에게 불도저란 별명이 있듯 조달만 회장에게도 별명은 있었다.

이른바 황소고집.

쇠심줄보다 질긴 고집을 가진 사람이 바로 조달만 회장이었다.

또한 일단 본인이 결정을 내리면, 성공을 할 때까지 직진을 하는 게 바로 그의 방식이자 스타일이었다.

"이번에 중국 관료들에게 돌리려고 했던 돈 그대로 있지? 그거 총 얼마야?"

"……50억 정도 됩니다."

"일이 성공했을 경우에 주기로 한 돈은?"

"150억 정도입니다."

"총 200억이라……."

워낙 규모가 있는 사업인 만큼, 로비에 쓰기 위한 돈 또한 천문학적인 액수였다.

하지만 사드 보복으로 중국 진출이 무산되면서, 예산으로 잡힌 200억은 현재 고스란히 차명 계좌에 묶여 있는 상황이었다.

"박 비서."

"네, 회장님."

"그 이번에 경매장에 나온 그……."

"건륭제의 검 말씀이십니까?"

조달만 회장이 고개를 끄덕였다.

"그래, 그 검. 낙찰가가 얼마나 할 것 같다고?"

"전문가의 예상으로는 최소 1,500만 달러. 우리 돈으로는 150억입니다. 하지만 막상 경매가 시작 되면, 얼마까지 오를지는 파악하기 어렵다고 합니다. 아무래도 VVIP들이 다수 모인 자리이기 때문에, 한번 불이 붙기 시작하면 몇 배로 오를 수도 있습니다."

"흐음."

현실적인 박철민의 대답에 조달만 회장이 이내 결심을 내린 목소리로 말했다.

"하 사장에게 그룹 비자금으로 관리하던 차명 계좌 하나 더 내어줘라."

"알겠습니다."

박철민이 순순히 대답하자 하도식 사장이 앉아 있던 자리에서 일어섰다.

"회장님!"

"됐다. 난 이미 결정을 내렸어. 이번에 중국에 쓰기 위해 준비해 둔 차명 계좌랑 지금 받는 차명 계좌에 든 돈이랑

하면, 중국 놈들이 돈 지랄을 해도 충분히 낙찰받을 수 있을 게다."

"……후우, 알겠습니다."

이미 결정이 내려진 사안이다.

더는 말을 꺼내 봤자 바뀔 리가 없었다.

하도식 사장이 고개를 숙이자 굳어 있던 조달만 회장이 얼굴을 풀며, 그의 어깨를 두드렸다.

"하 사장아. 그리 걱정할 것 없다. 이왕지사 벌인 일. 만약 일이 잘 안 풀릴 것 같으면, 나도 이참에 골동품이나 수집하면 되니까 말이야."

Chapter 116. 파워 게임

경매 시작 5분 전.

VVIP들을 위해 마련된 방은 한마디로 입이 떡 벌어졌다.

휘황찬란한 금색 무늬가 새겨진 붉은 천은 물론 용과 봉황이 새겨진 의자, 값비싼 도자기와 그림들이 방안을 장식하고 있었다.

"아무래도 이번 경매에는 중국 손님 분들이 많아서 방안의 콘셉트를 중국 쪽으로 맞췄습니다. 혹시 마음에 들지 않으시다면, 다른 방으로 옮겨 드릴까요?"

"괜찮습니다. 화려하고 마음에 드네요. 교수님, 앉으시죠."

"아, 네."

정찬우 교수와 함께 자리에 앉자 민혜리가 앞으로 걸어 나와 정면에 드리워졌던 붉은 커튼을 걷어 냈다.

그러자 커튼 뒤에 가려져 있던 통으로 만들어진 유리의 모습이 보였다.

그 아래에는 앉은 자리에서 한눈에 들어오는 작은 무대가 마련되어 있었다.

"이건……."

정찬우 교수의 중얼거림에 민혜리가 재빨리 설명을 곁들였다.

"저희 대한 경매장이 자랑하는 콜로세움입니다. 지금 보시는 것처럼 무대를 중심으로 총 26개의 VIP룸이 원형처럼 둘러싸고 있는 구조입니다."

"확실히 콜로세움이란 이름이 잘 어울리는 곳이네요."

콜로세움은 과거 검투사들의 대결과 호화로운 구경거리가 펼쳐지던 로마의 거대한 원형 경기장을 일컫는 말이었다.

대한 경매장의 콜로세움 경매장은 과거 로마의 콜로세움과 규모를 비교할 수 없을지라도, 확실히 그 구조는 흡사하다고 말할 수 있었다.

"그럼, 경매를 시작하기에 앞서 경매 규칙을 먼저 설명해드리겠습니다. 경매가 시작되면, 보시는 것처럼 무대에 오른 직원이 경매에 나온 물품을 소개하고 시작가를 알려 드릴 겁니다."

민혜리가 손으로 통 유리 너머를 가리키니, 과연 귀에 이어폰을 낀 여성이 무대 위로 걸어 올라오고 있었다.

"직원이 시작가를 말하면, 여기 있는 리모컨의 버튼을 누르는 것으로 입찰이 가능합니다."

민혜리는 탁자 위에 놓인 어린아이 손바닥만 한 리모컨을 나와 정찬우 교수에게 각기 하나씩 건네줬다.

리모컨의 중앙 부분에는 녹색 버튼이 존재하고 있었다.

"한 번 경매 물품에 입찰할 경우, 취소하실 수 없으니 버튼을 누르실 때는 신중하게 눌러 주시기 바랍니다. 마지막으로 여기 있는 카탈로그에는 오늘 경매 물품으로 나오는 물건에 대한 사진과 제작 시기, 크기, 시대적 의미 등이 적혀 있으니 참고하시기 바랍니다."

좀 전과 마찬가지로 탁자 위에 놓여 있던 카탈로그를 집어 든 민혜리가 나와 정찬우 교수에게 한 권씩 줬다.

슬쩍 카탈로그를 살펴보니 그녀의 설명대로 경매에 나오는 물건에 대한 사진과 그 옆에 간략한 설명이 기재되어 있었다.

내가 경매 물품으로 내놓은 건륭제의 검은 카탈로그의 가장 마지막에 배치되어 있었다.

"경매가 진행됨에 있어 궁금한 점이 있으시면, 언제든

제게 말씀하시면 됩니다. 그럼, 좋은 시간되시기 바랍니다."

설명을 끝낸 민혜리가 조용히 걸음을 옮겨 의자 뒤쪽으로 가서 자리를 잡았다.

그와 동시에 무대 위에 있던 직원의 목소리가 방안의 스피커를 타고 흘러 나왔다.

"여러분 안녕하십니까! 저희 대한 경매장을 찾아주셔서 정말 감사하다는 말씀을 드리겠습니다. 저는 오늘 경매의 진행을 맡은 안서희라고 합니다. 그럼, 바로 오늘의 첫 번째 경매 물품을 소개해드리겠습니다. 첫 번째 경매 물품은 바로 이것입니다!"

안서희의 말이 끝남과 동시에 무대의 단상 위로 물건이 올라왔다.

"반지잖아?"

단상 위로 올라온 물건은 금빛을 뿜어내는 반지였다.

카탈로그의 앞장을 살펴보니, 전설의 홈런왕으로 알려진 베이브 루스의 월드시리즈 우승 반지라고 적혀 있었다.

"자, 첫 번째 물건은 스포츠! 그중에서도 야구를 좋아하시는 분이라면 너무나도 좋아하실 물건입니다. 바로 전설적인 홈런왕! 베이브 루스의 월드시리즈 우승 반지입니다. 1927년 WS 우승 반지에는 루스 본인을 나타내는 이름이 새겨져 있는데요. 한 시대를 풍미한 전설적인 스포츠 스타의 반지인

만큼, 그 상징적인 의미가 크다고 할 수 있을 것 같습니다."

안서희의 설명에 고개를 끄덕거렸다.

스포츠, 그중에서 야구를 모르는 사람도 베이브 루스라는 이름은 어디선가 한 번쯤 들어본 적이 있을 정도로 유명한 이름이었다.

지금은 은퇴했지만, NBA 최고의 사나이라고 불리며 전성시대를 이끈 마이클 조던처럼 말이다.

"그럼, 바로 경매를 시작하도록 하겠습니다. 시작가는 50만 달러, 상승가는 5만 달러부터 시작하겠습니다."

50만 달러면 5억, 5만 달러면 리모컨 버튼을 한 번 누를 때마다 대략 5천만 원씩 가격이 상승한다는 소리였다.

'분명 가치가 있는 반지이긴 한데. 그래도 5억은 좀 비싼 거 아닌가?'

순간적으로 머릿속에 떠오른 생각이었지만, 이런 내 생각이 얼마나 바보 같은 것이었는지를 깨닫기 까지는 그리 오랜 시간이 걸리지 않았다.

"50만 나왔습니다. 55만! 60만! 65만! 70만……."

경매를 시작한다는 말이 떨어지기 무섭게 경매가는 미친 듯이 올라가기 시작했다.

눈 몇 번 깜빡거리는 동안 반지의 가격은 50만 달러가 올라 100만이 되었다.

"폭발적인 인기에 힘입어 좀 더 상승가를 올려보도록

할까요? 5만에서 10만으로 올리도록 하겠습니다."

경매를 진행하던 안서희가 상승폭을 두 배로 올렸다.

이제 버튼을 한 번 누르면, 반지의 가격은 1억씩 뛰는 것이다.

"110만 나왔습니다! 120만! 130만……."

하지만 그와는 상관없이 반지의 가격은 가파르게 치솟았다.

그러던 것이 170만으로 넘어갈 때쯤 서서히 안서희가 외치는 횟수가 줄어들기 시작했다.

"170만 나왔습니다. 180만 안 계십니까? 180만 안 계시면…… 아! 180만 나왔습니다. 190만! 190만 안 계신가요? 세 번 호명할 동안 더 이상 입찰하시는 분이 안 계신다면, 전설적인 야구 선수 베이브 루스의 반지는 180만에 낙찰되는 것으로 하겠습니다. 180만! 180만…… 아! 190만 나왔습니다. 200만! 200만 나왔습니다."

결국, 반지의 가격은 시작가인 50만의 4배인 200만이 되었다.

마지막에 도달했다는 것을 느낀 것일까?

안서희가 주변을 둘러보며, 목소리를 높였다.

"200만! 200만 이상 없으신가요? 없으시면, 베이브 루스의 월드시리즈 우승 반지는 200만에 낙찰하도록 하겠습니다. 200만! 200만! 200만! 낙찰됐습니다."

땅! 땅! 땅!

안서희가 단상 옆에 놓인 나무망치를 두드림으로 베이브 루스의 반지는 200만 달러에 최종 낙찰이 되었다.

그 모습을 지켜보던 정찬우 교수가 참았던 숨을 토해냈다.

"후우, 어떤 사람인지 몰라도 대단하군요. 분명 가치가 있는 반지이기는 하지만, 그래도 20억이라니. 저 같은 사람은 보는 것만으로도 심장이 떨립니다."

나 역시 정찬우 교수와 같은 생각이었다.

내가 돈이 많다고 한들 과연 20억이나 주고 저 반지를 살 수 있을까?

차라리 불우한 이웃에게 기부를 했으면 했지, 절대 그만한 돈을 반지를 낙찰받는 데 사용하지 않았을 것이다.

'그나저나 비밀 경매의 장점이 이런 거군. 누가 물건을 낙찰받았는지, 또 어떤 표정을 짓고 있는 전혀 알 수가 없어.'

무릇 원하는 것을 가지고 쟁취했다면, 환호가 있기 마련이다.

하지만 방안에서는 경매에 참여한 사람들의 그 어떠한 감정도 느낄 수가 없었다.

"민 비서님."

"네, 말씀하세요."

"다른 방에도 민 비서님처럼 도움을 주는 분께서 계십니까?"

"원하실 경우 지원을 해드리지만, 보통은 VVIP를 수행하시는 분께 관련 사항을 전달해드리고 저희는 참석하지 않습니다. 아무래도 그편이 비밀을 보장하기에 유리하니까요."

"그래도 최종적으로 돈을 받고 물건을 전달해야 하니까, 낙찰받은 사람이 누군지 경매장 측은 알고 있겠군요?"

민혜리는 대답 없이 가볍게 미소를 지었다.

무언의 긍정인 셈이었다.

"자, 그럼 두 번째 경매 물품을 소개해드리겠습니다. 이번 물건은 무려 1500년 전! 아랍어와 그리스어 등의 언어로 적힌 성서 한 장입니다. 경매 시작가는 10만 달러입니다."

경매가 진행될수록 다양한 물건들이 쏟아져 나왔다.

보석, 그림, 도자기, 고문서 등등 모든 물건의 경매 시작가는 최소 10만 달러 이상이었다.

또한, 최고 낙찰가는 8캐럿짜리 핑크 다이아몬드로 무려 1,000만 달러에 낙찰되었다.

한화로는 약 백억 원 상당의 금액이었다.

다이아몬드가 낙찰되는 모습을 보며, 씁쓸한 미소를 지었다.

'아무래도 기대가 너무 컸나 보네. 하긴 룰렛과 비슷한 물건이 나왔다면, 계속 경매장만 돌아다녔을 테니 오히려 잘된 건가?'

대한 경매장이 업계 1위를 목표로 도약하기 위해 준비한 경매인만큼, 색다른 물건이 있지 않을까라는 기대가 없었다면 거짓말이었을 것이다.

하지만 값비싼 물건들이 경매 물품으로 나왔어도 룰렛처럼 내 마음을 끄는 것은 단 하나도 없었다.

속으로 아쉬움을 삭일 무렵, 안서희의 목소리가 다시금 스피커를 타고 울려 퍼졌다.

"여러분 오래 기다리셨습니다. 자, 이제 오늘의 마지막 물건을 공개하겠습니다."

딱-

순간 지금까지와 다르게 무대 위의 모든 불이 꺼지며, 단상 위로 찬란한 금빛을 뿌리는 한 자루의 검이 그 자태를 드러냈다.

"청나라 6대 황제인 건륭제는 조부 강희제에 이어 정치, 경제 문화적으로 강희 · 건륭 시대라는 청나라 최전성기를 이룩한 황제입니다. 오늘 이 자리에 나온 이 검은 바로 그 건륭제의 이름인 홍력이 직접 검신에 새겨진 검으로, 단 하나의 흠집도 없는 완벽한 상태의 검이라고 할 수 있습니다."

안서희가 잠시 말을 멈춘 사이 검을 비추는 조명이 더욱 밝아졌다.

검의 황금빛이 한층 더 강렬한 빛을 토하며, 무대를 압도하는 순간 안서희의 목소리가 이어졌다.

"……다수의 전문가가 평가하길 마치 과거에 있던 검이 그 모습 그대로 현대에 넘어왔다고 해도 과언이 아닐 정도라는 말을 남겼는데요. 자, 오늘의 마지막 물품인 건륭제의 검! 시작가는 1,000만 달러로 상승가는 50만 달러입니다."

지금까지의 경매 물품과는 달리 그야말로 압도적인 가격이었다.

리모컨의 버튼 한 번을 누르면, 가격이 5억씩 오르는 것이다.

쉽게 말해서 버튼 한 번에 서울의 소형 아파트 값이 오간다고 할 수 있었다.

'이거 너무 높게 부른 거 아니야?'

정작 물건을 맡긴 나 역시 걱정이 되는 가격에 괜스레 입술을 적시며 시선을 무대의 중앙에 고정했다.

하지만 처음부터 이런 내 걱정은 기우에 불과했다.

건륭제의 검에 대한 경매가 시작함과 동시에 그야말로 미친 듯이 가격이 오르기 시작했기 때문이었다.

"1,000만 나왔습니다. 1,050만! 1,100만! 1,150만! 1,200만! 1,250만!"

스피커를 통해 안서희의 목소리가 끊임없이 흘러나왔다.

더불어 방안에 있는 전광판의 숫자 역시 빠르게 올라갔다.

전광판은 실시간으로 현재 최고 입찰가를 보여 주고 있었다.

꿀꺽-

정찬우 교수가 입안에 잔뜩 고여 있던 침을 삼키며 말했다.

"……이거 열기가 엄청나군요. 이렇게 계속 오르다가는 엄청난 금액이 될 것 같습니다."

"아직 초반이니까 그렇겠죠."

하지만 대답을 하면서도 나 역시 기대감이 슬금슬금 피어올랐다.

여태까지 경매 물품 중 제일 높은 가격임에도 불구하고 올라가는 속도가 압도적으로 빨랐기 때문이었다.

"1,500만 나왔습니다. 이거 열기가 아주 뜨거운데요? 좋습니다. 그럼, 이번에는 100만씩 올려서 가 보도록 하겠습니다. 아, 말씀드리자마자 1,600만 나왔습니다. 1,700만!"

1,500만 달러를 넘어가자 안서희가 재빠르게 상승가를 100만 달러로 올렸다.

버튼 한 번에 이제 서울의 중대형 아파트 가격이 오가는 것이다.

하지만 그와 상관없이 안서희 입에서 가격을 외치는 횟수는 전혀 줄어들지 않았다.

더불어 전광판에 올라가는 숫자의 속도 역시 전과 변함이 없었다.

"솔직히 이렇게까지 가격이 올라갈 줄은 몰랐는데, 대단하네요."

가파르게 오르는 가격을 보니, 초반이기 때문이라는 생각 또한 자연스레 사라졌다.

"이건 아직 시작에 불과합니다."

잠자코 있던 민혜리가 입을 열었다.

시선을 돌려 그녀를 쳐다보며 물었다.

"그게 무슨 뜻이죠?"

"혹시 경매장에서 가장 많이 거래되는 물건이 뭔지 알고 계십니까?"

경매장에서 가장 많이 거래되는 물건이라, 크게 고민할 것도 없는 질문이었다.

"음, 골동품?"

"맞습니다. 정확히 말하자면, 그림입니다. 그림 같은 경우 소더비와 크리스티 경매장에 나오는 물건들 중 1억 달러를 호가하는 작품들도 종종 나옵니다. 세계 10대 그림이라고 불리는 물건들은 대부분 1억 5천만 달러를 넘기며, 그중 폴 고갱의 '언제 결혼하니'와 같은 작품은 3억 달러. 한화로는 약 3,200억의 가치를 지녔다고 알려져 있습니다. 두 번째인 폴 세잔의 '카드놀이를 하는 사람들' 역시 2억 달러, 2,500억 이상의 가치를 지니고 있고요."

"……."

현재 국내 최고의 재단인 희망 재단을 만드는 데 내가 내놓은 돈이 5천억 원이었다.

말 그대로 엄청난 돈이라고 생각을 했는데, 따지고 보면 그 돈으로는 그림 두 점조차 살 수가 없었다.

'이거 앞으로는 그림을 위주로 챙겨야 하겠는데?'

혹시라도 피카소, 폴 세잔, 폴 고갱, 레오나르도 다빈치 같은 시대로 여행을 간다면 무조건 그림 위주로 챙겨야 할 것 같다.

물론 너무 과거인 만큼 현대까지 그 그림이 무사히 전해지리라는 보장은 없다.

하지만 그런 상황이 닥친다면 충분히 해볼 만한 가치가 있는 일이었다.

"건륭제의 검은 전 세계로 봤을 경우에 압도적인 매력을 지닌 골동품이라고 할 수는 없습니다. 하지만 특정 국가, 바로 중국이라는 나라에 한정한다면 아주 매력적인 물건이죠. 무엇보다 지금까지 본인의 이름이 새겨진 황제의 검이 저렇게 완벽한 상태로 존재하지 않았으니까요. 상태와 희소성 그리고 오늘 이 자리에 참석한 VVIP들을 고려해

봤을 때, 지금의 가격은 아직 시작에 불과합니다. 이제 겨우 불이 붙은 상태라고나 할까요?"

"대단하네요."

솔직한 감탄사를 토해 내자 오히려 민혜리가 놀란 얼굴로 내 얼굴을 쳐다봤다.

"네?"

"민 비서님의 식견이 아주 높은 것 같아서요."

"그, 그야 제가 하는 일이니까요."

더듬거리며 대답을 하는 민혜리를 뒤로하고 시선을 다시 유리 너머 무대로 옮겼다.

잠깐의 대화를 나눴을 뿐인데, 경매 가격은 2,000만 달러를 넘어가고 있었다.

'200억이라. 여기까지가 예상했던 가격. 과연 얼마나 더 오를까?'

건륭제의 검을 처분해서 얻은 돈으로 해야 할 일은 우선 세 가지다.

첫째는 아버지와 함께 서울에서 지낼 집을 매입하는 것이다.

둘째는 뒤늦게 알게 된 어머니의 소망이자 아버지가 새롭게 일을 시작할 분식점을 알아보는 일이었다.

마지막으로 셋째는 차태현 기자를 주축으로 새롭게 설립할 신문사가 들어설 장소와 기타 운영비용을 충당해야 했다.

하지만 지금과 같은 속도로 가격이 치솟는다면, 머릿속에 구상만 하고 있던 다른 계획을 실행해도 충분히 가능할 것 같았다.

'앞으로 이런 저런 일을 추진하려면, 혹시 모를 위협에 대비해서 대한 시크릿과 같은 경호 회사를 설립할 필요가 있어. 문제는 단순하게 경호 회사를 인수하는 정도가 아니라, 신문사와 마찬가지로 정말 제대로 된 사람들로만 꾸려야 한다는 건데.'

대한민국의 경호 회사는 해외의 전문적인 경호 회사와 비교했을 경우 신생아를 넘어 유아기 정도의 수준이라고 볼 수 있었다.

그 이유는 사회 전반적으로 퍼져 있는 경호원에 대한 인식 때문이었다.

경호원이라는 존재가 사람들의 머릿속에 본격적으로 각인되기 시작한 것은 드라마와 영화, 즉 대중매체에서 그들이 등장하는 비중이 높아지기 시작하면서부터였다.

특히 경호원들을 주인공으로 한 드라마와 영화들이 속속 등장하며, 대중은 경호원들에 대한 환상을 쌓아가기 시작했다.

훤칠한 키와 외모, 최첨단 장비와 의뢰인을 보호하며 테러리스트 혹은 범죄자를 단숨에 때려잡는 경호원의 모습을 집중적으로 보여주니, 멋져 보이지 않는 것이 이상할 것이다.

하지만 국내 경호 업계의 실상은 방송에서 보여주는 것과는 전혀 달랐다.

첫째, 최첨단 장비라고 부르는 것들은 돈만 있으면 일반인도 시중에서 충분히 구할 수 있는 것들이었다.

무선 이어폰, 삼단봉, 무전기, 가스총을 첨단 장비라고 부르는 선진국은 없을 것이다.

둘째, 청와대 소속의 경호실을 제외하고 사설 경호 업체가 총기로 무장하는 것은 엄연한 불법이었다.

드라마와 영화에서 국내의 경호원들이 총기를 사용하면서 싸움을 하거나 적을 제압하는 장면은 철저히 허구에 입각한 것이다.

만약 현실에서 그런 짓을 했다가는 단번에 불법 총기를 소유한 죄목으로 쇠고랑을 차게 될 것이다.

셋째, 소위 진짜 경호원들이라고 할 수 있을 만한 이들을 보유한 경호 회사가 몇 없다는 것이 가장 큰 문제였다.

대다수 경호 회사들이 그저 덩치가 좋고 단증이 있는 젊은 사람들을 고용해서 경호원이라고 소개하고 있다.

하지만 그들은 제대로 된 경호 훈련조차 받지 않은 이들로 그저 일반인보다 싸움을 조금 잘하는 정도에 불과했다.

그나마 몇몇 곳이 특전사 707특임대 혹은 해병수색대, 공군 CCT 등의 인력을 채용해서 경호 회사를 운영하고 있지만, 이는 극히 일부분에 불과했다.

또한, 희소성 가치 때문인지 몸값 역시 엄청난 수준이었다.

'경호 업계에서도 차태현 기자처럼 확실한 신념을 가진 사람을 찾을 수 있을까?'

경호 회사를 차리는 것만 놓고 봤을 때는 어려운 일은 아니다.

사업자 등록을 내고 적당한 건물을 매입해서 간판을 달면 된다.

그런 뒤 경호원 모집 공고를 내고 적당한 인재를 채용한다면, 일단 경호 회사다운 구색은 맞출 수 있다.

또한, 네이비 씰 출신인 마이클 도먼의 기억이 있기 때문에 그걸 바탕으로 경호 회사를 운영하기 위한 훈련 계획과 간단한 시스템 체계쯤은 세울 수가 있었다.

하지만 내가 할 수 있는 일은 현실적으로 딱 여기까지였다.

전문적으로 회사를 경영할 수 있는 지식과 사람들을 관리할 수 있는 능력이 지금의 내게는 없었다.

더욱이 부족한 것은 시간이었다.

검사가 되기 위해 연수원에 들어가면, 회사 운영과는 거리가 더욱 멀어지고 신경을 쓰기가 힘들어진다.

그렇기 때문에 반드시 회사를 운영할 전문 경영인을 구할 필요가 있는 것이다.

그러나 주변의 인물을 아무리 떠올려 봐도 경호 회사를 책임질 만한 사람은 떠오르지가 않았다.

"2,500만 나왔습니다! 열기가 아주 뜨거운 가운데, 상승가를 화끈하게 올려보도록 할까요? 세 배! 세 배를 올려서 지금부터 상승가를 300만으로 조정하겠습니다."

100만으로 상승가를 올렸음에도 불구하고 경매의 기세가 전혀 떨어지지 않자 안서희가 상승가를 300만으로 올렸다.

경매를 진행함에 있어 상승가를 올리는 것은 전적으로 경매 진행인의 고유 권한이었다.

물론 경매장마다 어느 정도 매뉴얼이 있긴 하지만, 그렇다고 한들 현장은 시시각각 변하기 때문에 최종적인 결정은 경매 진행인의 판단으로 이루어졌다.

정찬우 교수가 떨리는 가슴을 손으로 문지르며 한숨을 쏟아 냈다.

"그래도 300만은 좀 많은 게 아닐까요? 300만 달러면, 우리 돈으로 32억인데. 후우, 이거 심장이 떨려서 원."

확실히 300만 달러면, 사람에 따라서 평생 단 한 푼도 돈을 쓰지 않고 모아도 모으지 못할 만큼의 거금이었다.

"청심환입니다. 마음을 가라앉히는 데 도움이 되실 겁니다."

뒤에서 지켜보고 있던 민혜리가 금박에 쌓인 작은 환과 생수 병을 정찬우 교수에게 건넸다.

"아! 감사합니다."

"한정훈 님도 드릴까요?"

"저는 괜찮습니다."

이 정도로 놀란다면, 그간 내가 겪은 사건들에게 사과를 해야 할 판이었다.

"그나저나 확실히 300만으로 단위가 변경되니, 올라가는 속도가 떨어지긴 했네요."

아주 많이 느려진 것은 아니지만, 확실히 안서희가 외치는 속도나 전광판에 표시되는 횟수가 서서히 줄어들고 있었다.

"저희 경매장에서 예상한 낙찰 금액은 230억 정도입니다. 경매장에서 참여한 VVIP들도 대략 그 정도의 금액을 예상하고 방문했을 테니, 이쯤에서 진짜 싸움에 끼어들지 말지를 선택할 겁니다."

다양한 사람의 기억이 있다고 한들 경매장에 대한 것은 존재하지 않았다.

호기심 어린 목소리로 민혜리에게 물었다.

"진짜 싸움이요?"

"네, 진짜 부자들의 싸움이죠."

"진짜 부자라……."

"지켜보시죠. 아마 최소 지금 가격보다 두 배는 더 오를 겁니다. 안서희 씨는 저희 경매장에서 제일 유능한 경매인이거든요. 참고로 그녀는 세계 2대 경매장인 크리스티에서 메인 경매인으로 활약하기도 했답니다."

민혜리의 설명에 살짝 놀라며, 시선을 다시 무대 위로 옮겼다.

안서희는 한 문장으로 평가한다면, 현대의 커리언 우먼이라는 표현이 딱 들어맞는 여성이었다.

나이는 20대 중반 정도 됐을까?

키는 170cm 정도로 여성치고는 큰 편이이었다.

몸에 딱 맞는 검은 정장과 하얀 와이셔츠로 드러나는 몸매의 굴곡은 평소에도 자기 관리를 열심히 한다는 것을 보여줬다.

또한, 몇 시간 넘게 경매를 진행하면서 그녀는 단 한 번도 얼굴을 찡그리거나 힘든 기색을 보이지 않았다.

안서희는 프로가 어째서 프로라고 불리는지를 유감없이 보여주고 있었다.

"젊으신 분 같은데 대단하네요."

"푸, 푸읏."

"……?"

갑작스러운 웃음에 시선을 돌려 민혜리를 쳐다봤다.

당황한 민혜리가 재빨리 허리를 90도로 숙였다.

"죄, 죄송합니다. 죄송합니다."

연신 허리를 숙여 사과를 하는 민혜리를 향해 손을 들었다.

"괜찮습니다. 뭐, 그럴 수도 있죠. 그런데 왜 갑자기 웃으신 겁니까?"

"그, 그게⋯⋯."

"정말 괜찮으니까 말해보세요."

망설이던 민혜리가 내 눈치를 살피다가 어렵사리 말문을 열었다.

"안서희 씨를 보고 젊고 대단하다고 하시지만 제 눈에는 지금 여기 계신 한정훈 고객님께서 더 대단해 보이셔서 그랬습니다. 제가 경매장에만 7년을 있었는데, 한정훈 고객님처럼 젊으신 분은 처음 뵙기도 하고요."

"저 같은 또래의 사람은 잘 안 오나 보네요?"

"아무래도 거래되는 물건의 대부분이 골동품에 속하니까요. 젊은 분들에게 골동품은 그리 매력적인 물건이 아니니까요."

충분히 일리가 있는 말이었다.

내 또래의 청년들 중에서 골동품에 관심을 갖는 사람이 얼마나 될까?

냄새나고 퀴퀴한 골동품보다는 화려하고 번쩍거리는 자동차, 보석, 집 등이 훨씬 매력적으로 보이는 게 당연했다.

"3,700만 나왔습니다! 4,000만 없으신가요? 세 번 호명할 동안 추가 입찰이 없으시면, 건륭제의 검은 3,700만에 낙찰하겠습니다. 3,700⋯⋯ 앗! 4,000만 나왔습니다."

3,700만 달러.

약 400억에 이르는 돈에 카운트가 되는 순간, 안서희의 고음이 무대를 흔들었다.

누군가 4,000만 달러에 입찰을 하고 나선 것이다.

"430억이라."

예상했던 가격의 두 배를 훌쩍 뛰어 넘은 액수였다.

'대체 뭐 하는 사람일까? 아니, 그보다 저 검에 정말로 그 정도의 가치가 있는 건가?'

사람의 마음은 참으로 간사하다.

그건 나라고 해서 다르지 않았다.

처음에는 무작정 가격이 오르는 것에 기뻐했다.

그래야 내가 더 많은 돈을 가져갈 수 있으니, 당연한 일이었다.

하지만 시간이 흐르자 차츰 마음 한구석에서 의구심이 치솟아 올랐다.

이렇게까지 큰돈을 들여서 사람들이 사려고 하는 모습을 보니, 건륭제의 검에 내가 모르는 어떠한 비밀이 숨겨져 있는 게 아닌가 하는 생각이었다.

'……설령 그런 게 있다고 해도 지금에 와서 되돌리기에는 늦었지만 말이야. 그저 내게 인연이 없던 것이라고 생각해야겠지.'

미련을 오래 두면, 결국 이는 집착으로 변하기 마련이었다.

마음 한구석에 남아 있던 의심을 애써 떨쳐내고 다시 시선을 무대 위로 돌렸다.

내가 다른 생각을 하는 사이에도 경매가는 계속 올라 어느덧 4,600만 달러를 넘어가고 있었다.

"4,900만! 4,900만 나왔습니다. 여기서 잠시 안내 말씀을 드리도록 하겠습니다. 시간이 많이 흘렀음에도 불구하고 경매의 열기는 줄어들지 않고 있는데요. 이렇게 가다가는 끝이 없을 것 같습니다. 해서 경매의 마지막은 사전에 공지했던 것처럼 공개 입찰로 진행을 하겠습니다."

안서희의 말이 끝남과 동시에 나와 정찬우 교수는 고개를 갸웃거렸다.

"공개 입찰?"

"이번 경매는 비밀 경매가 아니었습니까?"

민혜리가 고개를 끄덕였다.

"이번 경매는 비밀 경매가 맞습니다. 그리고 비밀 경매라고 해서 공개 입찰을 진행할 수 없는 건 아니랍니다. 지니고 계신 녹색 버튼 아래의 패드를 손으로 밀어 보시겠습니까?"

그녀의 말에 따라 손에 들고 있던 리모컨의 패드를 아래로 밀었다.

그러자 감춰져 있던 숫자판과 번호판이 나타났다.

"현재 가격을 기준으로 거기에 금액을 적으면, 최종

입찰이 됩니다. VVIP들의 경우 시간이 곧 돈으로 직결되는 분들이 많기 때문에, 경매가 길어지면 종종 이와 같은 방법으로 진행하고는 한답니다."

"그렇게 하면 좀 전보다 적은 금액에 낙찰될 수도 있는 것 아닙니까?"

내 질문에 민혜리가 고개를 흔들었다.

"꼭 그렇지는 않습니다. 일반 부자나 기업이라면, 가장 효율적인 가격에 물건을 낙찰받고 싶어 하겠지만 경매장의 VVIP들은 아닙니다. 자신의 돈을 아끼기 위해 적은 가격을 써넣었다가 만약 간발의 차이로 물건을 쟁취하지 못한다면, 그것 자체가 스스로에게 있어 자존심에 큰 상처를 입는 일이기 때문입니다."

듣고 보니 맞는 말이었다.

경매는 이문을 남기기 위한 장사가 아니었다.

말 그대로 자신의 만족을 위해서 돈을 투자하는 것이다.

그러니 이렇듯 공개 입찰을 해 버리면, 자신이 감당할 수 있는 한도까지 금액을 적을 가능성이 컸다.

"그럼, 지금부터 5분 뒤 최종 입찰을 마감하도록 하겠습니다."

말을 마친 안서희가 잠시 무대 아래로 내려갔다.

몇 시간 동안 계속 경매를 진행했으니, 기계가 아닌 이상 힘이 들지 않을 수가 없을 것이다.

그렇게 5분이란 시간이 빠르게 지나가고, 무대 아래로 사라졌던 안서희가 다시금 나타났다.

〈11권에 계속〉